KB152534

1년 후 내가 이 세상에 없다면

일러두기

• 사례로 소개되는 내용에서는 사생활 보호를 위해 일부 표현을 달리했습니다.
  실명 공개에 동의한 일부를 제외하고 대부분의 등장인물 이름은 가명입니다.

1년 후 내가 이 세상에 없다면

초판 1쇄 발행 2021년 4월 23일
초판 2쇄 발행 2021년 5월 30일

지은이 시미즈 켄 / **옮긴이** 박소영

펴낸이 조기흠
편집이사 이홍 / **책임편집** 최진 / **기획편집** 이수동
마케팅 정재훈, 박태규, 김선영, 홍태형, 배태욱 / **디자인** 채홍디자인 / **제작** 박성우, 김정우

펴낸곳 한빛비즈(주) / **주소** 서울시 서대문구 연희로2길 62 4층
전화 02-325-5506 / **팩스** 02-326-1566
등록 2008년 1월 14일 제 25100-2017-000062호

ISBN 979-11-5784-496-8 03830

이 책에 대한 의견이나 오탈자 및 잘못된 내용에 대한 수정 정보는 한빛비즈의 홈페이지나
이메일(hanbitbiz@hanbit.co.kr)로 알려주십시오. 잘못된 책은 구입하신 서점에서 교환해드립니다.
책값은 뒤표지에 표시되어 있습니다.

hanbitbiz.com **facebook.com/hanbitbiz** **post.naver.com/hanbit_biz**
youtube.com/한빛비즈 **instagram.com/hanbitbiz**

1년 후 내가

이 세상에 없다면

시미즈 켄 지음 | 박소영 옮김

HB 한빛비즈 Hanbit Biz, Inc.

내가 죽음을 생각하는 것은 죽기 위해서가 아니다.

살기 위해서다.

- 앙드레 말로André Malraux

머리말

소중한 것을 미루고 있지 않습니까?

"인생이 언제 끝날지 아무도 모른다. 그러니 살아있는 지금 이 순간을 무엇보다 소중히 여겼으면 좋겠다."

27세에 희귀암으로 세상을 떠난 한 호주인 여성이 마지막 편지를 남겼다. 이 메시지는 ABC 방송과 〈인디펜던트〉 〈미러〉 등 여러 미디어에서 보도된 후 페이스북을 통해 순식간에 전 세계로 퍼졌다. 이 메시지에 많은 이들이 공감한 이유는 무엇일까?

최근 의료 기술의 발전으로 인간 수명이 연장되면서 '100세 시대' '안티에이징anti-aging'이라는 말을 자주 듣는다. 사람이 오래 산다고 하니 물론 기쁜 일이지만, 이로 인한 부작용도 있다. 사람들이 일상을 소홀히 여기게 되는 현상이 그 부작용 아닌가 싶다.

언젠가 자신에게 죽음이 찾아온다는 사실을 대부분의 사람들은 머리로는 이해해도 실감하지는 못한다. 사람들은 자신의 죽음에 대해 아직 생각할 필요가 없다고 느낀다. 오늘처럼 내일도 다음 날도 당연히 온다고 믿는다. 자신의 인생이 10년, 20년, 30년 후에도 계속된다고 생각하며 일상을 살아간다.

그래서 꼭 하고 싶은 일이 있어도 '내일 하면 되지' '조만간 해야지' '지금 하는 일이 일단락되면 그때 해야지' '퇴직 이후의 즐거움으로 남겨 둬야지' 하면서 쉽게 미루고 만다. 그 결과 똑같은 일상에 싫증을 느끼면서 동시에 변화에 대한 불안을 느껴 늘 불만족스러운 상태에 머무른다. 뒤로 미루지 말고 지금 행동에 나서라는 마음의 소리는 '무모하게 일을 시작하면 인생을 망칠 수 있다'는 목소리에 굴복당하고 만다. 결국 주위의 기대와 책임에 얽매인 채 공허함 속에서 똑같은 일상을 보낸다.

이 글을 쓰는 나 역시 '이대로 괜찮은 걸까?'라는 막연한 의문을 품고 충족되지 않는 나날을 살았다. 나 같은 사람이라면 앞에서 언급한 호주 여성의 메시지에 가슴이 뜨끔했을지 모른다. 전 세계 사람들이 그녀의 메시지에 공감한다는 건 '지금 살아있는 순간을 소중히 여기지 않는 사람'이 얼마나 많은지를 역으로 보여주는 증거 아닐까.

나는 암과 마음에 관한 '정신종양학'을 전문으로 하는 정신건강의학과 의사다. 암 전문 정신과와 심료내과(스트레스나 신경과민 등의 심리적 문제로 나타난 신체 증상을 치료하는 진료과목)를 겸하는 정신종양의로서 2003년부터 국립암연구센터 중앙병원에서 암 환자와 가족들을 진료했다. 매년 200명 남짓의 환자를 만나 지금까지 4,000명이 넘는 환자들을 상담했다.

환자에게 조금이라도 도움이 되고자 최선을 다해 그들의 이야기에 귀를 기울였을 뿐인데, 이 과정에서 나도 많은 것을 배웠다. 갑자기 암 진단을 받고 인생에 남은 시간이 얼마 없음을 깨닫는 일은 매우 고통스럽다. 하지만 그 상실감과 마주하며 남은 시간을 어떻게 살아갈지 진지하게 고민하는 환자들의 이야기에서는 저마다 강인함이 느껴졌다. 그냥 하루하루를 살아가던 나는 진심으로 그 환자들을 존경하게 됐다. 그 결과 내 인생도 달라졌다.

대단한 곳으로 이직을 하거나 인생이 뒤바뀌는 거창한 변화는 아니지만 '나에게 그다지 중요하지 않은 일'과 '지금 당장 시작해야 하는 일'을 확실히 구별할 수 있게 됐다. 그래서 확신을 갖고 하루하루를 살아가는 지금, 나는 스스로 만족할 만한 인생에 가까워졌다고 느낀다.

내가 느낀 것들이 잘 전달되어 많은 이에게 도움이 됐으면 좋겠다.

시미즈 켄

차례

2장

누구에게나 있는 회복력

3장

사람은 죽기 직전이 되어서야 마음대로 살지 못했음을 깨닫는다

4장

오늘을 소중히 여기기 위해 자신의 want와 마주하기

5장

죽음을 응시하는 일은 어떻게 살아갈지를 응시하는 일

들어가며

암은 몸뿐만 아니라 마음도 괴롭힌다

암과 무관한 사람은 드물다

사는 동안 암에 걸릴 확률은 얼마나 될까?

2017년 일본 암연구진흥재단의 통계에 따르면 사는 동안 암에 걸릴 확률은 남성이 62%, 여성이 47%였다.* 2명 중 1명은 암에 걸리는 시대가 되었음을 알 수 있다. 2명 중 1명이라는 확률은 자신이 암에 걸리지 않았더라도 가족이나 친한 친구가 암에 걸릴 수 있음을 의미한다. 누구도 남의

* 한국의 경우, 기대수명(83세)까지 생존할 경우 암에 걸릴 확률은 37.4%였고, 남자(80세)는 39.8%, 여자는 34.2%였다(보건복지부 발표 2018년 국가암등록 통계).

일로 여길 수 없는 병이라는 뜻이다.

암은 고령자만 걸리는 병도 아니다. 암 환자 3명 중 1명이 생산연령에 해당하는 15~64세에 속한다. 과거에 암은 난치병 이미지가 강했지만, 지금은 치료법이 발전해 상황이 크게 개선됐다. 최신 통계에서 완치의 기준이 되는 '암 발병 이후 5년간 생존을 달성한 환자 비율'은 전체 암 환자의 62.1%로 나타났다. 초기 암 환자라면 이제 높은 확률로 완치를 기대할 수 있다.

그러나 완치 가능성이 커졌다 해도 암이 완전히 낫는다는 절대적인 보장은 없다. 환자들은 치료가 끝난 후에도 재발의 불안을 안고 살아간다. 암 환자 수가 늘면서 낫지 않거나 사망한 환자의 수도 늘고 있다. 일본 후생노동성이 발표한 사인별 사망률의 연도별 추이에서 1981년 이후 암은 일본인 사망 원인 중 1위였고, 그 숫자는 계속 증가하는 추세다.**

암에 걸리지 않거나 암으로 죽지 않기 위해 우리는 무엇

** 한국의 주요 사망원인별 사망률 추이에서도 암은 가장 높은 사인이다.

을 할 수 있을까? 암 발병 원인 중 가장 큰 요인은 흡연이므로 담배를 피우지 않으면 암에 걸릴 위험을 낮출 수 있다. 술을 자제하고 염분 섭취도 줄이는 편이 좋다. 이 밖에도 간암의 원인이 되는 간염 바이러스 치료와 위암의 원인이 되는 헬리코박터 필로리균의 제균, 일본에서 현재 논의 중인 HPV 바이러스** 백신도 암 예방법의 하나로 알려져 있다. 또 암 검진에서 암을 조기에 발견할 가능성이 크기 때문에 꾸준히 검진을 받는 것이 중요하다.*

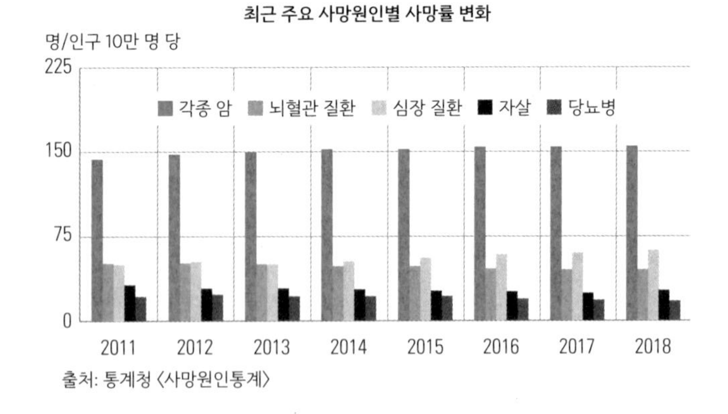

최근 주요 사망원인별 사망률 변화

출처: 통계청 〈사망원인통계〉

---

* 인유두종 바이러스. Humanpapilomavirus의 약자로 자궁경부암의 원인이다.

그러나 평소 생활습관병에 걸리지 않도록 주의하고 암 검진을 꾸준히 받아온 사람인데도 진행성 암이 발견되는 경우가 있다. 이런 경우 '이렇게 열심히 건강을 챙겼는데 내가 대체 뭘 잘못했을까' 하고 허탈한 감정에 빠지기 쉽다. 나는 암을 지나치게 걱정하면서 신경을 곤두세운 채 살고 싶지 않기 때문에 그냥 무리하지 않는 선에서 건강에 주의를 기울이는 편이다.

암 진단 후 1년 이내의 자살률은 일반인의 24배

암은 환자에게 죽음을 의식하게 만들고, 암의 특성마다 다르지만 다양한 스트레스를 동반한다. 암으로 인한 통증이나 무기력함, 수술이나 화학요법 등 치료 과정에서 느끼는 고통과 함께 유방을 절제하는 등 신체상의 변화 때문에 극심한 정신적 고통을 느끼기도 한다. 암의 부위에 따라 신체의 중요한 기능을 상실하기도 하고 사회적 역할이 바뀌기도 한다. 또 같은 암일지라도 환자의 평소 가치관이나 성

암과 동반한 스트레스	구체적 사례
1. 삶에 대한 위협	죽음
2. 신체적 고통	통증, 무기력함, 구역질
3. 기능 장애	인공항문(직장암), 목소리 상실(후두암), 불임(부인암 등)
4. 신체상의 변화	유방 절제, 체중 감소, 탈모
5. 사회적 문제	실직, 학업 중단, 인간관계 변화

격에 따라 고통의 정도나 성질이 달라진다.

일식 요리사였던 어느 환자는 화학요법 때문에 미각에 장애가 왔을 때 그야말로 자신의 정체성을 잃은 느낌이었다고 말했다. 근력을 자랑하던 사람이라면 암에 걸린 이후 바싹 야윈 자신의 모습을 쉽게 받아들이기 힘들 것이다. 또 '어떻게든 되겠지' 하며 훌훌 털어버리는 사람이 있는가 하면, 신중한 사람은 앞으로의 일 걱정으로 머릿속을 가득 채우기도 한다.

암에 걸렸다고 해도 개인이 어떤 경험을 할지는 저마다 다르기 때문에 100명의 환자가 있다면 받아들이는 방식과 고통도 100가지라고 할 수 있다.

고통을 마주하는 과정에서 일부 사람들이 정신적으로 궁

지에 내몰리는 모습은 쉽게 상상할 수 있다. 과거 연구에 따르면 암 진단 이후 우울 상태에 빠지는 환자의 비율이 5명 중 1명이고, 암 진단 후 1년 이내의 자살률이 일반인보다 24배 높다는 조사 결과도 있다.

가족은 제2의 환자

소중한 사람이 암에 걸리면 가족의 인생도 달라진다. 누구보다 소중한 가족이 세상에서 사라질지도 모르는 현실은 받아들이기 힘들다. 환자를 돌보기 위해 가족들이 짊어져야 할 물리적, 심리적 부담도 상당하다.

그래서 가족은 '제2의 환자'라고 불리며 당사자만큼이나 정신적 고통이 크다. 사랑하는 사람의 암 투병은 자신이 암에 걸린 것보다 더 괴로운 법이다. 소아암 환자를 둔 한 어머니는 "왜 하필 우리 아이죠? 할 수만 있으면 정말 내가 대신 아프고 싶어요"라고 말하기도 했다.

환자의 가족들은 '가장 힘든 건 환자 본인일 테니 나는 약한 소리를 하면 안 된다'라고 생각해 괴로운 마음을 끌어안은 채 자신은 돌보지 않는 경향이 있다. 몸이 고단해도 긴장의 끈을 놓지 못해 밤에도 푹 자지 못하고 제대로 쉬지도 못한다. 이러한 악순환이 계속되다가는 어느 순간 정신적으로 무너질지 모른다.

그래서 나는 환자 가족에게 '암 치료는 때때로 장거리 달리기가 될 수도 있으니 환자를 잘 보살피기 위해서라도 페이스를 조절해야 한다. 자기 자신을 제대로 돌보라'고 조언한다.

'암의 완치와 연명'만이 의료의 목적은 아니다

과거 암 의료의 목적은 오로지 완치였다. 그게 불가능하다면 환자가 하루라도 더 살게 하는 데 초점이 맞춰져 있었다. 하지만 한쪽으로 치우쳤다는 인식이 퍼지면서 점차 암의 여러 고통을 완화하고 생활의 질을 유지하는 일도 암 의료의 중요한 목표가 됐다.

예를 들어 암 환자에게 가장 큰 고통을 주는 통증에 대해서도 다양한 완화 방법이 개발되어 대책이 마련되고 있다. 신체뿐만 아니라 정신적인 고통에 대해서도 주의해야 한다. 앞서 이야기했듯 환자 가족이 겪는 마음의 고통은 크다. 따라서 의료가 진행되는 과정에서 암 환자와 가족들의 마음을 돌보는 다양한 조치가 이루어진다.

아직 수요에 한참 못 미친다는 지적이 있지만, 나처럼 암 전문 정신건강의학과와 심료내과를 겸한 정신종양의도 늘고 있다. 정신종양의는 암이라는 질환이 사람에게 어떠한 변화를 가져오는지 면밀하게 파악하고, 거기서 얻은 이해를 바탕으로 암 환자와 가족을 세심하게 보살핀다.

1장

고통을 치유하는 데는 슬퍼하는 일이 필요하다

'슬픔'이라는 감정이 고통을 치유한다

자기의 괴로움을 누군가 이해해줬다는 생각이 들 때
고통은 조금 누그러진다.
이야기를 나누며 답답해하는 마음을 알아간다.

암 전문병원에서 정신종양의로 일하는 내가 만나는 사람들은 모두 암 환자거나 그 가족들이다. 암에 걸린 환자가 100명 있다면 100가지의 다른 고민이 존재하기 때문에 나는 첫 상담에서 환자에게 어떤 고민이 있는지 이해하려고 노력한다.

그래서 충분히 시간을 들여 이야기를 듣는다. 환자가 어떤 인생을 살아왔고, 무엇을 소중히 여겼는지, 암이 환자의 인생에 어떤 영향을 주었는지, 지금 무엇이 가장 힘든지 등을 상세히 듣는 것이 중요하다.

상담 초반에는 이러한 내용들을 듣기 위해 계속 질문을 던진다. 환자의 고민을 어느 정도 이해했다는 생각이 들면 "환자분은 암에 걸린 이후 이러한 문제가 생겨서 힘드신 거군요"라고 이야기해준다.

내 말에 환자가 진심으로 반응하면 소중한 첫걸음을 무사히 내디뎠다고 본다. 왜냐하면 자기의 괴로움을 누군가 이해해줬다는 생각이 들 때 사람의 고통은 조금 누그러지기 때문이다. 대화를 통해 마음속 응어리를 언어로 구체화하면 지금까지 본인도 알아차리지 못했던 부분까지 고민이 정리되는 효과도 얻을 수 있다.

환자 중에는 그 자리에서 깊은 슬픔을 드러내는 사람도 있다. 슬픔이라는 감정은 고통을 치유한다. 슬픔은 다음 단계로 넘어가기 위해 중요한 역할을 한다.

이전에 나는 의사라면 환자의 고통을 없애주어야 한다고 생각했다. 그런데 그게 생각처럼 잘 되지 않아 고민이었다. 당시 나는 환자에게 도움도 되지 않는 조언을 하고, 환자가 별로 원하지 않을 때도 정신과 약을 처방하는 등 불필요한 참견을 일삼았다.

그러다 어느 순간 이러한 방식이 도움이 되기는커녕 오히려 해가 될 수도 있음을 깨달았다. 임상 경험을 쌓는 과정에서 사람에게는 고통과 마주하는 힘, 즉 '회복력resilience'이 있다는 사실을 실감했기 때문이다. 나는 그 힘을 키워주기 위해 환자의 이야기를 충분히 들어주고 그들의 고통을 제대로 이해해줘야 했다. 그게 내가 할 수 있는 일이었다.

고통과 마주하는 힘을 키워주기 위해 내가 무엇을 하면 가장 효과적일까?

당사자가 자기 고민을 더 깊이 이해할 수 있도록 함께 대화를 나누고, 잃어버린 소중한 것에 대해 충분히 슬퍼하는 자리를 제공하는 것이다. 이 절차를 체계적으로 수행하기 위해 2016년부터 시작된 회복력 외래 진료는 회당 50분씩 4~8회에 걸쳐 상담을 진행한다.

회복력 외래 진료에서는 가장 먼저 환자가 자신을 새롭게 이해하는 시간을 갖는다. 어떤 성장 배경이 있는지, 사춘기에는 무슨 생각을 했는지, 성인이 된 이후 어떤 삶을 살았는지, 무엇을 목표로 했는지, 무엇을 싫어했는지 등을 시간 흐름에 따라 돌이켜본다. 그러면 환자는 그러한 역사를 거쳐 지금의 자신이 있게 됐음을 분명히 이해한다.

다음 상담에서는 암 진단 후에 마음이 어떻게 달라졌는지 자세히 이야기를 듣는다. 암이 환자 본인에게 어떤 변화를 가져왔고, 암에 걸린 이후 무엇을 잃었다고 느끼는지, 암으로 인해 인생의 계획이 어떻게 달라져야 했는지를 이야기하게 이끈다.

이 작업을 반복하면 환자가 지금 느끼는 고통을 다양한 시점에서 바라볼 수 있게 된다. 물론 '상황이 그렇다면 어쩔 수 없지. 이렇게 할 수밖에 없는 것 아닌가' 하며 서둘러 결론을 내리고 이 시점에서 상담을 마치는 환자도 있다.

결론이 나지 않을 때는 남은 상담을 통해 받아들이기 힘든 이 상황을 어떻게 생각하면 좋을지 함께 고민한다. 포기해야 하는 일에 직면해 괴로워하기도 하지만, 지금까지 자신이 고집해온 일이 보잘것없게 느껴질 때도 있다. 결국 자신이 잃은 것에 지금까지 알지 못한 새로운 시점이 더해져 나름의 답을 내리게 된다.

고통 속에서도 누군가를 위해 힘을 내는 사람이 있다

죽음을 의식하며 힘든 치료를 받는 환자에게

오히려 인생을 배운다.

스무 살에 백혈병에 걸린 대학생 이시다 하루카 씨가 회복력을 위한 외래 진료에 찾아왔다. 맞벌이 가정에서 자란 하루카 씨는 병에 걸리기 전까지 부모님이 자신에게 충분한 애정을 쏟지 않았다고 느끼며 살아왔다. 그래서 병에 걸렸다는 사실을 알았을 때도 불안이나 슬픔을 느끼기보다는 부모님이 딸을 더 챙기지 못한 것을 후회하기를 바랄 정도로 분노했다.

화학요법이 시작되면서 하루카 씨는 다양한 증상에 시달렸다. 고열이 나고 구내염이 입속에 가득해 제대로 먹을 수도 없었다. 열심히 기른 머리카락마저 빠지면서 고통은 깊어져 갔다.

'왜 나만 이렇게 괴로워야 되지? 남들은 다들 즐겁게 지내는데!'

친구의 SNS를 보다 화가 치밀어 스마트폰을 바닥에 내던지기도 했다.

그런데 그 무렵, 같은 병동에 고령의 남자 환자가 들어왔다. 하루카 씨는 그를 바라보며 서서히 달라지기 시작했다.

그 남자 환자는 신장에서 폐로 암이 전이해 자신보다 훨씬 병세가 나빠 보였다.

하지만 그는 언제나 밝은 미소로 하루카 씨에게 말을 걸었다. "좀 어때? 힘들지? 그래도 잘 견디고 있네."

어느 날 하루카 씨는 그에게 항상 밝게 지낼 수 있는 이유를 물어보았다. "가족을 위해서 힘을 내고 싶은 거야. 아직은 누군가에게 도움이 되고 싶기도 하고." 그는 다정한 얼굴로 답했다.

그의 답에 하루카 씨는 화들짝 놀랐다. '누군가를 위해 힘을 내고 싶다!' 그 한마디가 그녀에게는 충격이었다.

'마음 한쪽에서 늘 불만을 품고 있는 나는 누군가를 위해 뭘 하려고 생각한 적이 있었나?'

그렇게 생각하며 주위를 둘러보니 자신처럼 힘든 상황에 처한 많은 환자와 그들의 치료에 열과 성을 다하는 의료진이 눈에 들어왔다.

하루카 씨는 한밤중에 자신의 등을 어루만져주던 간호사의 따뜻한 손길에 진심으로 고마움을 느꼈다. 그래서 다시 건강해지면 힘든 사람들에게 도움을 주는 삶을 살고 싶어졌다. 자신이 투병하는 동안 내내 경황이 없던 부모님도 보였다. 부모님을 향한 가슴속 응어리가 어느새 사라지고 감사의 말이 자연스럽게 흘러나왔다.

현재 하루카 씨는 치료를 마치고 회복해 건강하게 대학에 다니고 있다. 얼마 전 안부를 전하기 위해 잠시 병원에 찾아온 하루카 씨의 얼굴은 입원 직후와 전혀 달랐다. 그녀는 눈을 반짝이며 이렇게 말했다.

"평범한 생활을 할 수 있다는 건 당연한 일이 아니었어요. 당연한 건 없다, 그렇게 생각하니 감사하는 마음이 넘쳐나요. 이전에는 적당히 취직해서 결혼하고 마음 편히 살면 그만이라고 생각했는데… 그게 전부라면 인생이 너무 아깝잖아요. 지금은 꿈이 있어요."

나는 여러 환자의 고통을 귀 기울여 들으면서 하루카 씨처럼 힘든 상황에 직면한 사람들의 체험을 깊이 이해할 수 있었다.

사람이 죽음을 의식하고 힘든 치료를 겪으며 깊이 생각하고 느낀 일은 하나하나 설득력이라는 힘을 갖게 된다. 무심하게 하루하루를 보내던 나는 그들이 들려준 이야기 덕분에 정신이 번쩍 났다. 착실하게 환자와 마주한 덕분에 모든 만남이 인생의 귀한 깨달음을 얻는 계기가 되었다. 이러한 가르침은 내 인생을 바꿀 정도로 영향이 컸다. 나는 이 책을 통해 내가 깨달은 여러 가르침을 더 많은 사람들과 나누고 싶다.

사람은 버드나무처럼 유연하게 일어서는 힘을 갖고 있다

병을 마주한 고통 속에서도

새로운 세계관을 발견하는 사람이 많다.

우리는 건강할 때 자신이 병에 걸린다는 상상은 보통 하지 않는다. 그래서 자신이 암에 걸리는 경우를 상상하면 과연 자신이 침착할 수 있을지, 죽음에 대한 두려움으로 정작 아무 일도 못 하는 건 아닐지 불안해한다.

나는 지금까지 여러 명의 암 환자를 만났다. 그중에는 몸 상태가 아주 안 좋은 분도 있었다. 경험이 부족했던 시절, 나는 그런 환자를 볼 때마다 '나라면 이런 상황을 절대로 견디지 못할 것 같은데' 하며 혹시 환자가 정신적으로 무너지지 않을까 걱정했다. 그런 환자들에게 어떻게 말을 걸어야 할지 몰라 당황스러울 때가 많았다.

그러나 계속 환자를 지켜보면서 나의 비관적인 추측은 자주 빗나갔다. 환자들의 고통이 생각보다 대단하지 않다고 말하려는 게 결코 아니다. 하지만 적어도 '환자의 마음이 무너졌다'는 생각이 든 경우는 없었다.

사람들은 암 진단을 받은 후 생각을 멈춰버리거나 자신이 병에 걸렸다는 사실을 무시하는 경향이 있다. 이 단계가 얼마나 길고 짧은지는 사람에 따라 다르다. 그러다가 문득 자신이 암에 걸린 사실은 바뀌지 않는다는 체념 또는 절망을 느끼는 순간이 온다. 그러면 마음 한편에서 현실과 마주하는 과정이 시작된다.

두려움과 슬픔에 못 이겨 종종 아이처럼 울음을 터뜨리는 사람도 있는데, 그런 모습을 볼 때마다 나는 커다란 상실을 필사적으로 마주하려고 하는 인간의 강인함을 느낀다. 여러 상실을 받아들이고 새로운 현실과 마주하는 힘을 '회복력'이라고 한다.

회복력은 원래 물리학에서 쓰이는 용어다. 가소성可塑性을 의미하며 '본래대로 돌아감'을 뜻한다. 심리학에서는 버드나무와 같은 마음 상태를 가리키는 용어로 쓰인다.

버드나무는 바람이 부는 방향에 따라 모습이 바뀌지만, 바람이 멈추면 원래 모습으로 돌아온다. 굵은 나무는 언뜻 강해 보여도 바람이 세게 불면 우두둑 부러지고 만다. 여기에 중요한 힌트가 있다.

병과 마주하는 과정에는 여러 갈등과 어려움이 있지만, 충격을 받고 쓰러져도 시간이 흐르면 많은 사람들이 버드나무처럼 다시 일어선다. 모두 그런 힘을 갖고 있다.

환자들이 병과 마주하는 과정을 지켜보면서 내가 놀란 점은 또 있다. 환자들이 고난을 경험하면서 병에 걸리기 전과는 다른 새로운 세계관을 발견한다는 것이다. 심리학에서는 이를 '외상 후 성장Posttraumatic Growth'이라고 한다.

다만 환자 본인은 자신이 성장했다고 느끼지 못하며, 성장해야겠다고 따로 마음을 먹는 사람도 없다. 내가 환자에게 "생각이 많이 달라지셨네요?"라고 이야기해도 대부분 "매일 괴로워하면서 병을 마주할 뿐이에요"라고 답한다.

외상 후 성장은 현재 자신의 모습 그대로 병과 마주하는 과정에서 자연스럽게 이루어진다. 따라서 병으로 고통을 느끼고 있는 사람이라면 슬픔을 통해 성장해야겠다고 생각하지 않았으면 좋겠다. 억지로 긍정적인 마음을 가질 필요도 없다. 그건 상처 입은 자신을 더욱 채찍질하는 것이나 마찬가지여서 도움이 되지 않는다.

고난을 마주하는 데 '올바른 방법'이란 없다. 100명의 환자가 있다면 병과 마주하는 방법이 100가지 존재한다. 괴로운 일이 닥쳤을 때 밀려오는 슬픔과 몸이 떨리는 분노를 억누르지 않아도 된다. 이러한 부정적 감정에 중요한 의미가 있기 때문에 오히려 마음의 문을 닫지 않는 것이 중요하다.

저마다 괴로워하면서 자신의 마음이 가는 대로 지내다 보면 분명 환자는 어딘가에 도달해 있다. 그게 내가 직접 목격한 환자의 회복력이었다.

처음 환자를 만났을 때 이 사람이 병을 받아들이는 과정이 어떨지, 결국 어떤 마음에 다다를지 나는 전혀 짐작할 수 없다. 하지만 분명히 괜찮아질 거라 생각하며 이야기를 듣는다.

고통을 마주할 때 도움이 되는 길잡이가 있다

환자는 건강했던 때의 상실,
그리고 달라진 현실을 어떻게 살아갈 것인가라는
두 가지 과제와 마주한다.

앞서 100명의 환자가 있다면 병을 마주하는 방법이 100가지 존재한다고 말했다. 여기 도움이 될 만한 길잡이가 몇 가지 더 있다.

대부분의 환자는 다음과 같은 과정을 거친다.

갑자기 암 진단을 받으면 지금까지 당연했던 일, 즉 건강하고 평온한 하루가 계속 이어질 거라 생각했던 세계가 한순간에 뒤바뀐다. 많은 상실, 죽음을 예감하게 만드는 현실이 눈앞에 모습을 드러낸다. 환자는 심리적 관점에서 두 가지 과제를 마주한다.

첫째, 건강하고 평화로운 일상을 잃었다는 상실감을 마주하는 일이다. 처음에는 그 사실을 인정하려 들지 않는다. 갑작스레 닥친 현실 앞에 망연자실하는 것도 당연하다. 분노가 넘치고 깊은 슬픔에 빠지기도 한다. 이처럼 상실을 마주할 땐 부정적인 감정이 아주 중요한 역할을 하기 때문에 충분히 슬퍼하고 충분히 침울해져야 한다.

마음이 괴로운데 스스로에게 '아니야, 별일 아니야'라고 말하며 겉으로 아무렇지 않은 척하는 사람도 있다. 남에게 약한 모습을 보이면 안 된다는 생각으로 살아온 사람이라면 부정적인 감정을 드러내는 데 거부감도 들고, 기존의 방식을 갑자기 바꾸는 게 두려울 수도 있다.

그러나 괴로운 마음을 억누른다 해도 그 마음이 완전히 사라지는 게 아니다. 마음속 깊이 계속 남아 있다. 그래서 나는 감정을 닫아버린 사람에게 조심스럽게 이런 말을 건넨다. "참으니까 힘들지 않으세요? 마음의 목소리를 믿고, 울고 싶은 마음을 자유롭게 표현해도 괜찮아요."

두 번째 과제는 달라진 현실에서 어떤 의미를 발견할 수 있을지 고민하는 일이다. 폭풍 같은 슬픔이나 분노가 완전히 사라지지 않았더라도 '안타깝지만 내가 병에 걸렸다는 사실은 바뀌지 않겠구나'라는 체념 또는 절망에 가까운 감정이 들이닥치는 순간이 온다. 그때 두 번째 과제가 시작된다.

두 가지 과제를 동시에 진행하면 환자의 슬픔과 분노는 서서히 잦아들고 새로운 인생에 대해 생각하는 방향으로 이동한다. 단숨에 바뀌지는 않는다. 차츰 단계적으로 옮겨가는 느낌에 가깝다.

2장

누구에게나 있는 회복력

'상실'을 받아들이는 데 필요한 시간과 과정

분노와 슬픔을 거치면서

조금씩 잃어버린 것을 마주한다.

암 진단을 받았을 때 느끼는 충격은 자신이 얼마나 예상했는가에 따라 달라진다. 평소에 '슬슬 떠날 때가 됐어'라고 생각한 사람은 크게 동요하지 않을지도 모른다. 그러나 자신이 암에 걸린다는 생각을 전혀 해본 적 없는 젊은 사람이라면 충격이 매우 클 것이다.

27살에 진행성 경성 위암* 진단을 받은 오카다 다쿠야 씨는 병원에서 완치가 어렵다는 말을 들었다. 처음 이 얘기를 들었을 때 도무지 현실이라고 믿어지지가 않아 눈앞에서 의사가 설명을 하고 있는데도 마치 드라마 속 다른 환자를 지켜보는 듯한 느낌이었다고 한다. 게다가 다음 순간부터는 기억이 지워져 집에 어떻게 왔는지도 생각나지 않았다.

인간이 자신의 예상을 훨씬 뛰어넘는 충격적인 사건을 접하면 마음의 기능이 망가져 눈앞에서 벌어지는 현실을 인지하긴 하지만 받아들이지 못하거나 아예 기억이 사라지는 경우가 있다. 이러한 현상을 전문 용어로 '해리解離 상태'라고 한다. 마음에 큰 충격을 받았을 때 흔히 경험한다. 해

* 경성 위암: 위암 중 암세포가 위벽을 딱딱하고 두껍게 만들면서 퍼져나가는 유형. 발견이 어렵고 진전이 빨라 치료가 쉽지 않은 것으로 알려져 있다.

리 상태는 갑자기 들이닥친 심한 충격으로부터 마음을 보호하기 위해 필요한 기능일 수도 있다.

오카다 씨는 집에 돌아간 뒤에도 넋이 나가 그날은 거의 잠을 이루지 못했다. 새벽에 잠깐 잠이 들었다가 눈을 떴을 때 '아, 어제 일이 정말 현실이었구나!' 하고 실감했다. 그러자 깊은 절망이 덮쳐왔다. 해리 상태를 벗어나 현실을 인식한 다음에는 분노와 슬픔의 감정이 찾아온다. 분노는 '불공평하다' 또는 '부당하다'고 느낄 때 나타나는 감정인데, 이 또한 자신을 보호하기 위해 필요하다.

오카다 씨는 '겨우 27살밖에 안 먹은 내가 건강한 건 당연하다'고 생각했기 때문에 자신이 진행성 경성 위암에 걸린 사실을 받아들이지 못했다. '아무 잘못도 없는 내가 왜 이런 일을 겪어야 하나'라는 억울한 마음이 좀처럼 떠나지 않았다. 치솟는 분노를 누르지 못해 그는 소리를 지르고 벽이나 책상을 들이받거나 부모님에게 화풀이를 하기도 했다. 그러나 아무리 발버둥 쳐도 현실이 앞을 가로막았다. 어느새 화를 내는 데도 지쳐버렸다.

분노가 서서히 가라앉자 이번에는 슬픔이 마음에 차올랐다. 슬픔은 소중한 것을 잃었을 때 발생하는 감정으로, 이 또한 마음을 치유하는 작용을 한다. 자신이 지금까지 꿈꾸던 미래를 포기해야 한다고 생각하니 오카다 씨의 눈에서 눈물이 멈추지 않았다.

소중한 것을 잃었을 때 온전히 상실을 받아들이려면 오카다 씨처럼 시간과 여러 단계가 필요하다. 망연자실해 현실을 바로 이해하지 못하는 시기, 평정심을 잃고 울부짖거나 절망스러운 현실에 분노가 끓어오르는 시기, 잃어버린 것 때문에 눈물이 멈추지 않는 시기, 인생은 원래 불공평하다는 현실을 깨닫고 마음속으로 눈물 흘리는 시기. 이렇게 다양한 양상을 띠면서 조금씩 상실을 마주보게 된다. 이를 심리학에서는 애도 작업mourning work이라고 한다.

이렇게 뼈를 깎는 과정을 거쳐 사람은 암에 걸리기 전에 그리던 인생과 서서히 작별을 고하고, 새로운 현실을 향한 발걸음을 시작한다.

'10년 후 미래'가 없다면 무엇을 위해 오늘을 살아야 할까

철저하게 목표를 갖고 사는 사람일수록
'꿈꾸던 미래'가 사라질 수 있음을 깨달았을 때 방황한다.

'상실과 마주하기'라는 첫 번째 과제가 완전히 끝나는 일은 아마도 없을 것이다. 그러나 시간이 지나면서 극도로 부정적이었던 감정이 조금씩 변하고, 아무리 발버둥 쳐도 암에 걸렸다는 현실이 바뀌지 않는다는 생각이 들기 시작한다. 이때 두 번째 과제가 시작된다.

오카다 씨는 병에 걸리기 전까지 엄격하게 자신을 관리하며 살아왔다. 금융기관에서 일하던 그는 맡은 역할을 제대로 해내기 위해 갖은 노력을 할 정도로 책임감이 강했다. 빨리 실력을 인정받아 가까운 장래에 해외로 부임하고 싶어 했다. 그래서 여가 시간에는 외국어를 공부하고, 체력관리를 위해 운동을 다녔다. 친구도 많았는데, 마음의 평안을 주는 교류 목적이 아니라 대부분 자기 발전을 위해 자극이 되는 친구를 만났다. 오카다 씨에게 인생의 목적은 '5년 뒤 혹은 10년 뒤, 그보다 더 먼 미래의 꿈을 실현하는 것'이었다. 이를 위해 그는 최선의 노력을 쏟았다.

그러나 오카다 씨는 머지않아 자신에게 죽음이 찾아온다는 사실을 깨달았다. 꿈꾸던 미래가 절대 오지 않을 거라는 사실을 깨닫게 되자 매일 추구하던 목표가 사라졌다. 그는 깊은 혼란에 빠졌다. 삶의 의미마저 잃어버렸다. 그러자 그의 마음속에 새로운 질문이 떠올랐다.

'10년 후 미래가 없다면, 사람은 무엇을 위해 오늘을 살아야 할까?'

먼저 그는 서점을 찾아 이런저런 책을 살펴봤다. 하지만 대부분의 책은 인간이 오래 산다는 걸 전제로 쓰인 것이어서 오히려 기분이 더 울적해졌다.

그 무렵 오카다 씨가 상담을 위해 나를 찾아왔다. 너무 괴로워 죽어버리려던 참이었는데, 암 환자의 마음을 돌보는 의사가 있다며 담당의사가 추천을 해줘 한번 이야기를 나눠보고 싶었다고 했다.

처음에 그는 상담에 대해 반신반의했다. '당신이 내 마음을 이해할 리가 없다'는 의심의 눈초리로 나를 쏘아봤다. 어쩌면 그 이면에는 자신보다 오래 살 나를 부러워하는 마음이 있었을지도 모른다.

상담 초반에는 나도 오카다 씨와 신뢰 관계를 맺을 수 있을지 불안했다. 하지만 그가 지금까지 살아온 과정을 들려주자, 바로 내 생각을 이야기했다.

"오카다 씨는 미래를 위해 현재를 살아오셨네요. 미래를 위해 현재를 희생하면서 살았던 겁니다. 그래서 현재를 사는 방법을 알지 못하는 거죠."

그러자 오카다 씨는 내 말에 공감하며 이제 자신이 어떻게 살면 좋을지 함께 생각해달라고 부탁했다. 조금은 나를 의지해도 되겠다는 생각이 들었던 모양이다. 그리하여 나는 '달라진 현실에서 어떻게 살아갈 것인가'라는 과제에 맞서는 오카다 씨를 돕게 되었다.

오늘 하루에 감사하기

죽음을 의식하면 당연하게 생각하던 것에도
감사하는 마음이 생긴다

'달라진 현실에서 어떻게 살아갈 것인가'라는 두 번째 과제가 시작되면 어떤 세계가 기다리고 있을까? 〈외상 후 성장에 관한 연구〉에 따르면, 달라진 현실을 마주했을 때 다섯 가지 생각의 변화가 일어날 수 있다.*

① 인생에 대한 감사

② 새로운 관점(가능성)

③ 타자와의 관계 변화

④ 인간으로서의 강인함

⑤ 정신적 변모

모든 사람에게 이 다섯 가지 변화가 나타나지는 않는다. 하지만 사람의 생각이 변화하는 양상을 깊이 들여다보면 대체로 몇 가지는 들어맞는다.

이러한 변화를 알게 되면서 내 생각과 삶의 방식도 큰 영향을 받았다. 지금 내가 집중하고 있는 일 중에서 머지않아

---

* Lawrence G. Calhoun & Richard G. Tedeschi. Handbook of Posttraumatic Growth: Research and Practice. Routledge. 2006. 5.

그럴 만한 가치가 없게 될 일과 소중히 하지 않으면 나중에 반드시 후회할 일을 제대로 분간할 수 있게 됐기 때문이다. 그래서 이 다섯 가지 변화를 좀 더 자세히 소개하고 싶다.

우선 가장 많은 사람에게 처음 나타나는 변화는 인생에 대해 감사하는 마음이다.

암에 걸리면 죽음을 의식하게 된다. '내가 언제까지 살아있을 수 있을까'라는 불안과 두려움이 생기는 한편 '오늘 하루를 사는 게 당연한 일이 아니야'라고 생각하게 된다.

인간은 희소한 쪽에 가치를 두는 습성이 있다. 아무리 비싼 보석이라도 가는 곳마다 여기저기 널려 있다면 거들떠보지 않을 것이다. 마찬가지로 시간이 영원히 계속된다고 착각하면 하루를 헛되이 보내기 십상이지만, 제한된 시간임을 기억하면 하루하루가 매우 귀중해진다. 그래서 오늘 하루 살아있음을 감사하게 생각하는 사람도 있다.

오카다 씨는 두 번째 상담 당시 "병에 걸려 분하다. 병에 걸리기 전까지 난 운이 좋은 사람이라고 생각했는데 그게 아니었다. 제비뽑기에서 최악의 제비를 뽑은 것"이라고 말했다. 그의 말을 들으며 나는 속으로 '최악의 제비뽑기라는 예를 들 수도 있구나' 하고 생각했다.

인생을 한탄하는 오카다 씨에게 나는 이렇게 물었다.

"이런 말을 하면 더 언짢으실 수도 있지만…… 어디까지나 가정이니까 한번 생각해봅시다. 아예 제비를 뽑지 않는 게 좋았을까요?"

오카다 씨의 표정을 보니 내 말의 의미를 이해하지 못한 것 같아 나는 덧붙였다. "어차피 병에 걸릴 인생이었다면 태어나지 않는 게 차라리 나았겠느냐 묻는 겁니다."

오카다 씨는 잠시 생각하더니 대답했다. "아니요. 뽑지 말았어야 한다고 생각하지는 않아요. 뭐, 최악의 제비이긴 했지만 그래도 뽑는 게 낫죠."

그러더니 잠시 뒤 이어 말했다. "물론 병에 걸리지 않았으면 좀 더 살 수 있었겠죠. 그런 생각을 하면 화가 나서 참을 수가 없어요. 하지만 제가 이 세상에 태어난 것도 여러 우연이 겹쳐 일어난 일이겠죠."

오카다 씨는 깊은 절망 속에서도 되도록 긍정적으로 상황을 받아들이려고 몸부림치는 사람처럼 보였다. "솔직히 억울합니다. 하지만 지금 살아있음에 감사하면서 열심히 살고 싶어요" 하고 말했기 때문이다.

나는 지금 건강한 사람들에게 이런 얘기를 해주고 싶다. 당신도 언제든 갑자기 암 진단을 받거나 불의의 사고 또는 천재지변을 당할 수 있다. 그러지 않을 거라는 보장이 없다.

그러한 두려움으로 머릿속을 가득 채울 필요는 없지만, 건강은 언제든지 잃을 수 있고 언젠가는 반드시 잃는다는 사실을 늘 염두에 두고 살았으면 좋겠다. 그래야 오늘 하루를 건강하게 보내는 데 대해 감사하는 마음이 생기기 때문이다.

가족이나 친구와 즐거운 시간을 보내고, 아름다운 풍경을 바라보고, 맛있는 음식을 먹는 일처럼 의식하지 않으면 당연한 것처럼 흘러가버리는 시간들이 있다. 이러한 일상을 언제라도 잃어버릴 수 있다고 생각하면 한층 각별해지는 법이다. 고대 로마인의 가르침 '메멘토 모리Memento mori(반드시 죽는다는 걸 기억하라)'와 연결되는 지점이기도 하다.

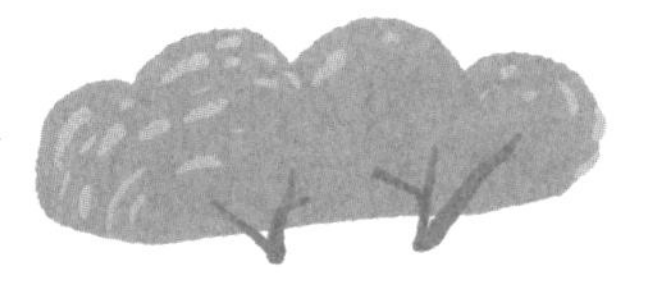

인생에서 무엇이 가장 소중한지를 생각하면 행동이 달라진다

돈 쓰는 방식이나 일하는 방식에서
지금까지와 전혀 다른 삶을 사는 사람이 있다.

오늘 하루를 사는 일이 당연하지 않음을 깨닫고 감사하는 마음이 생기면 사람들은 이 귀중한 시간을 어떻게 보낼지 고심하기 시작한다. 인생에서 정말로 중요한 게 뭔지 우선순위를 생각하고, 삶의 보람이 뭔지 깊이 고민하는 것이다.

이게 바로 '새로운 관점' 혹은 '새로운 가능성'이라고 부르는 두 번째 변화다.

50대에 후두암에 걸린 한 남자가 있었다. 그는 항상 절약을 외치며 생활했고, 통장을 바라볼 때 행복을 느끼며 살았다. 그러나 암에 걸리자 이 돈을 어디에 쓸 건지 계획도 없이 자신이 그저 저축만 했음을 깨달았다. 그러한 저축에 무슨 의미가 있을까 하는 데까지 생각이 미쳤다.

돈의 역할은 무엇일까? 지금까지 가족을 위해 돈을 모으는 게 중요하다고 생각했지만, 이제 생각이 바뀌었다. 소중한 가족과 행복한 시간을 보내기 위해 돈이 필요하다는 새로운 관점이 생겼다.

돈을 쓰는 게 무조건 나쁜 것은 아니었구나, 소중한 사람을 위해 하고 싶은 일을 할 때 비로소 의미가 있구나 생각이 든 것이다. 이렇게 병에 걸린 이후 돈에 대한 가치관이 달라진 사람이 많다.

간암 진단을 받은 63세의 한 남자가 있었다. 그는 오랫동안 신문기자로 일하다 직접 컨설팅 회사를 차려 숨 가쁜 나날을 보냈다. 하고 싶은 일 때문에 사업을 시작했지만, 정신을 차리고 보니 자유라고는 없는 삶을 살고 있었다.

그는 1995년 1월 일어난 한신·아와지 대지진 당시 고베지국에서 기자로 근무했는데, 지진으로 집이 부서져 하마터면 자신도 목숨을 잃을 뻔했다. 현장의 소식을 전해야 한다는 사명감에 그는 취재를 이어갔고, 그 과정에서 가족을 잃은 사람들의 사연과 가슴이 미어지는 장면을 여럿 목격했다.

당시 취재했던 사람들의 이야기가 내내 마음에 남았고, 취재 당시의 마음을 전할 수 있는 책을 쓰고 싶었지만 계속 바쁜 삶이 이어져 그는 그 바람을 계속 미뤄왔다고 말했다.

하지만 간암 진단을 받고 인생에 남은 시간이 얼마 없음을 깨달은 그는 후배 직원에게 회사를 물려주고 사업에서 완전히 손을 뗐다. 그리고 자신의 체험을 나누는 활동을 시작했다.

회사를 떠나는 건 중대한 일이다. 이 남자처럼 간단히 할 수 있는 결심이 아니다. 충동적으로 저질렀다가는 후회할지도 모른다.

그러나 인생에 기한이 있음을 의식하지 않고 계속 미루다 보면 하고 싶은 일이 있어도 이루지 못하고 끝날지 모른다. 당신이 진심으로 원하는 일이 있다면 어떻게 실현할 수 있는지, 언제 시작할지 평소에 기회를 살피며 준비하는 게 좋다.

소중한 사람과 보내는 시간을 최우선으로 한다

힘들 때 자신을 지탱해준 가족과 주위 사람들에 대한 감사,

지금까지 몰랐던 타인의 따뜻함을 깨닫는다.

인생의 우선순위를 생각할 때 많은 사람들이 중요하게 생각하는 게 있다. 바로 소중한 사람과 보내는 시간이다.

큰 병에 걸리면 여러 난관에 부딪히게 된다. 그동안 다양한 문제를 자기 힘으로 해결한 사람조차 '이번에는 정말 힘들구나' 느낄지도 모른다.

그럴 때 환자는 가족과 친구, 주위 사람들이 내미는 도움의 손길을 경험한다. 그리고 새삼 '많은 사람의 도움으로 내가 지금 살아있구나' 깨닫는다. 이것이 세 번째 '타자와의 관계 변화'다.

앞서 언급했던 오카다 씨(27세/경성 위암)는 한창 젊은 나이에 건강을 잃고 분노와 슬픔을 쏟아냈다. 그 과정을 거친 후에야 이제 어떻게 살아야 인생의 의미를 찾을 수 있을지 고민하기 시작했다.

암 진단을 받은 지 얼마 안 됐을 때 오카다 씨는 풀리지 않는 분노를 무작정 부모님에게 퍼붓곤 했다. 오카다 씨가 입원했을 때의 일이다.

식욕이 없던 그에게 어머니가 그래도 조금 먹어보라며

조심스럽게 말을 건넸다. 그런데 그 말 한마디에 오카다 씨는 버럭 화를 냈다. "나도 먹어야 한다는 건 알아! 그런데 먹을 수가 없단 말이야! 아무것도 모르면서 그렇게 말하지 마! 집에 가라고!"

어머니가 돌아갈 채비를 하는 동안 오카다 씨의 화가 가라앉았다. 어머니에게 괜히 분풀이를 한 죄책감이 들었다. 미안하다며 눈물을 머금고 병실을 나서는 어머니의 뒷모습을 보자 오카다 씨는 울컥해 "내가 잘못했어. 정말 미안해" 하고 사과했다. 이후 오카다 씨는 잠시 퇴원을 했다가 완화 치료 병동에서 눈을 감았다.

잠시 퇴원했을 당시 오카다 씨는 자신의 어린 시절 앨범을 찾아 봤다고 했다. 어릴 적 추억이 깃든 사진에서 그는 자신을 향한 부모님의 한없는 애정을 느꼈다고 했다. 그래서 그는 부모님에게 "젊은 나이에 가는 건 아쉽지만, 그래도 행복했어요. 전부 고마웠어요" 하고 감사를 전했다.

우리를 따뜻하게 지켜봐주는 사람이 가족만 있는 건 아니다. 대장암을 앓던 45세의 남성, 하세가와 다다유키 씨의 이야기다.

하세가와 씨는 대인 관계에 어려움을 겪어 평소 회식 자리에도 가지 않고 직장에서도 좀처럼 말이 없는 사람이었다. 그런 그가 대장암 때문에 인공항문 수술을 받고 직장에 복귀했을 때, 그에게 먼저 말을 건넨 사람은 뜻밖에도 늘 껄끄러워하던 부장님이었다.

알고 보니 부장님 역시 대장암을 겪어 오랜 기간 인공항문을 사용하고 있었다. 부장님은 하세가와 씨에게 일상생활의 유용한 팁을 알려주는 등 조언을 아끼지 않았다.

까칠하다고 여겼던 부장님으로부터 따뜻한 격려를 받자 하세가와 씨는 무언가 변화를 느꼈다. 이전까지 그는 '타인은 믿을 수 없다'고 생각해 초면인 사람을 경계하고 인간관계에도 소극적이었다. 그러나 부장님을 비롯해 환자 모임에서 여러 사람을 만나고 따뜻한 배려를 경험하면서 생각이 달라졌다.

'세상에는 남에게 상처를 주는 사람도 있지. 하지만 기본적으로 사람은 따뜻한 존재인 것 같다'고 여기게 된 것이다.

이후 하세가와 씨는 직장 동료들에게 먼저 말을 걸기도

하고, 좀 더 사람들과 적극적으로 어울리고 싶은 마음까지 생겼다고 했다.

상담을 하다 보면 타인의 친절을 경험한 뒤 사람의 따뜻함을 알게 되었다는 사람들을 자주 접한다. 다른 사람이 베푼 친절로부터 용기와 힘을 얻은 경험은 나도 누군가의 도움이 되고 싶다는 희망으로 이어진다.

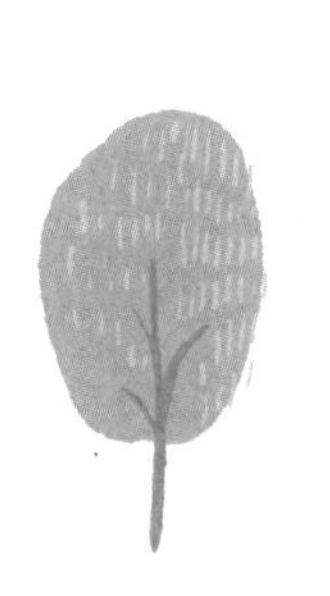

우리는 언제 무슨 일이 생길지 모르는 세상에 살고 있다

건강한 사람도 언제 어떤 병에 걸릴지 모른다.
어려운 상황에 처한 사람의 마음을 떠올린다.

백혈병에 걸린 30대 남자 혼다 쇼타 씨는 일반적인 화학 요법으로는 병이 퍼지는 걸 막지 못하게 되어 자신의 골수를 사멸시키고 다른 사람의 골수를 이식하는 조혈모세포 이식을 받았다.

이식 치료에서는 면역억제제를 사용하는데, 다른 사람의 골수가 만든 면역세포가 자신의 세포를 공격하지 않도록 하기 위해서다. 그래서 면역력이 떨어지게 되는데, 이때 혼다 씨는 감염증이 심해져 하마터면 목숨을 잃을 뻔한 위험에 처하기도 했다. 다행히 잘 완치되어 혼다 씨는 지금 건강하게 지낸다.

퇴원해서 어느 날 길을 걷던 혼다 씨는 몸이 불편한 장애인을 보고 그들을 향한 자신의 시선이 병에 걸리기 전과 확연히 달라졌음을 깨달았다.

"예전에는 다리가 없는 사람을 보면 이질적인 존재라고 느꼈어요. 다른 세계의 사람처럼 보였고, 그 사람들의 마음이 어떨지 상상해본 적도 없어요. 하지만 지금은 다릅니다. 저 사람도 뭔가 큰일을 겪었겠구나, 저 사람도 어려움 속에서 열심히 하루하루를 살고 있겠구나 생각합니다. 이식 치료를 받고 난 뒤에 저도 예전에는 가능했던 일이 여럿 불가능해졌거든요. 그래서 지하철역에 가면 '이 역은 턱이 많아서 힘들겠다' '계단 때문에 참 불편하겠다' 이런 식으로 당사자의 마음이 상상이 돼요. 장애인뿐만 아니라 길을 가다 어려움을 겪는 사람을 보면 그냥 지나치지 못해요. 어떻게든 도움을 주고 싶어요."

혼다 씨만 그런 게 아니다. 많은 사람이 병을 겪은 이후 다른 사람의 고통에 공감하는 마음이 생겼다고 말한다.

"병에 걸리기 전에는 누군가 병으로 고생한 이야기를 들어도 '힘들었겠네' 하면서 그냥 뻔한 위로만 건네는 정도였어요. 진정한 의미에서 타인의 고통이 뭔지 전혀 몰랐어요."

병에 걸리기 전에는 세상에 '건강한 사람'과 '장애가 있는 사람' 두 종류의 사람만 있고, 자신은 언제까지나 '건강한 사람'일 수 있을 거라고 생각했을지 모른다.

그러나 병에 걸리면 '우리는 모두 언제 무슨 일이 생길지 모르는 세상에 살고 있다'는 감각이 생기면서 '건강한 사람'과 '장애가 있는 사람'이라는 구별이 사라진다.

누군가의 도움이 되고 싶다는 마음이 희망이 된다

'내가 살아있다는 사실이 같은 아픔을 겪는 사람에게
희망이 될 수 있다'는 마음, 그게 삶의 원동력이 된다.

가와사키에 사는 가모 아카리 씨는 고등학교 3학년 때 '간 미분화배아육종'이라는 희귀한 암에 걸렸다. 두 번의 수술과 화학요법을 받았는데, 일시적으로 소화기에서 출혈이 발생해 목숨이 위태로웠던 적도 있었다.

현재 21세인 가모 씨는 치료에 성공해 재발은 일어나지 않는 상태다. 하지만 쉽게 피곤해지고 종종 집중력 저하, 복통 등의 증상에 시달린다. 가모 씨는 치료가 끝난 이후 대학 진학을 목표로 하고 있는데, 아직 체력이 생각만큼 따라오질 못해 장래에 대한 불안을 안고 있다.

그러던 어느 날 가모 씨가 외래 진료에 찾아왔다. 빨갛게 머리를 염색하고 멋을 부린 가모 씨는 본인이 먼저 상담을 원했음에도 불구하고 초면인 나와 눈을 맞추려 하지 않았다. 어딘가 불만이 있어 보였다. 한창 젊은 사람에게서 '병에 걸리지 않았으면 이런 일도 없었을 텐데'라는 분노와 서글픔이 느껴졌다.

상담 초반에 나는 가모 씨를 어떻게 대해야 좋을지 몰라 몹시 당황했다. 지금도 가모 씨가 좋아하는 미국 만화나 패션 이야기에는 내가 워낙 문외한이라 당황하기 일쑤지만,

다행히도 내가 마음에 들었는지 가모 씨는 2~3주에 한 번씩 외래 진료를 찾는다.

상담 중에 가모 씨는 그때그때의 상황을 이야기하거나 견딜 수 없는 기분을 드러내기도 한다. 아직 미래의 방향이 제대로 보이지 않아 답답해하는 마음을 나는 이해한다. 하지만 동시에 나는 가모 씨 마음속 깊은 곳에 자리한 큰 에너지를 느낀다. 그래서 가모 씨가 분명히 잘 해내리라는 확신을 갖고 상담에 임한다.

한번은 가모 씨가 "지금 내가 살아있는 것이 같은 병에 걸린 사람에게 희망이 될 수 있다"고 말한 적이 있다.

'간 미분화배아육종'이라는 병은 희귀암 중에서도 특히 드물어서 가모 씨는 진단을 받은 후 인터넷에 여러 번 검색을 했지만 아무 정보도 찾지 못했다. 당시에는 마치 깜깜한 어둠 속에 놓인 심정으로 치료를 받았다.

그러다 환우회에서 기시다 도루 씨를 만났다. 기시다 씨는 암 경험자의 이야기를 영상으로 제작해 공유하는 웹사이트 '암 노트'*의 운영자였다. 가모 씨는 이 웹사이트에 자신의 경험을 소개하기로 했다.

가모 씨는 언젠가 이렇게 말했다. "지금 저와 같은 병으로 치료를 받는 사람이 있을 거예요. 그 사람들에게 저는 적어도 하나의 구체적 사례겠죠. 그러니 제가 살아있는 것이 큰 희망이 될 거예요. 그래서 나는 죽으면 안 돼요."

자신이 경험한 고통을 겪고 있는 사람들을 걱정하며 만난 적도 없는 사람들에게 도움을 주는 것. 그게 가모 씨가 살아가는 원동력이 된 것 같았다.

---

* https://gannote.com

'더는 힘들다'는 생각이 들 때 드러나는 강인함이 있다

병을 마주하면서 나 자신도 몰랐던
강인함, 끈기와 만나기도 한다.

“의외로 저는 강한 사람인가 봐요.”

환자들에게서 자주 듣는 이야기다. 이게 바로 네 번째 변화 ‘인간으로서의 강인함’이다.

50대에 유방암에 걸린 쓰지 유리코 씨는 암 진단을 받았을 때 이미 간과 목뼈에 전이가 되어 완치가 어렵다는 얘기를 들었다. 목뼈로 암이 전이되면서 서서히 시신경을 압박해 어느 날부터인가 오른쪽 눈이 움직이지 않고 사물도 겹쳐 보이기 시작했다.

쓰지 씨는 암에 걸린 사실을 알기 2년 전까지 매년 검진을 받았다. 그러다 1년 전에 바쁜 일과 때문에 잠시 검진을 놓쳤는데 이때 시기를 놓치고 말았다. 왠지 분한 마음이 들어 쓰지 씨는 처음에 자신에게 너무 화가 났다. 그러나 딸의 결혼식을 4개월 앞둔 시점이라 ‘딸이 웨딩드레스 입은 모습을 볼 때까지는 어쨌든 힘을 내자’ 결심하고 열심히 병과 싸웠다.

딸의 결혼식 준비와 바쁜 업무로 한 달 정도가 지났다. 그러자 그때까지 머릿속을 맴돌던 ‘어떡하지?’라는 걱정에서 차츰 거리를 두는 시간이 늘어났다. 이 무렵 쓰지 씨의 마음은 살고 싶다는 긍정적인 생각과 몸 전체에 암이 퍼졌다는 절망적인 현실 사이를 오갔다. 절망에 빠질 때는 한없이 슬픈 나머지 친구와 남편 앞에서 펑펑 눈물을 쏟았다.

딸의 결혼식을 마치고 한시름 놓은 기분이 들자 마음도 조금 달라졌다. 물론 지금도 마음 한구석에는 '암에 걸린 걸 어쩔 거야' 하는 체념이 자리하고 있다. 그러나 직장에서 동료들의 배려로 자신이 있을 곳이 있다고 느낄 때, 친구가 걱정해줄 때, 여든이 넘은 부모님이 자신의 건강을 걱정해줄 때는 다르다. '예전처럼 평온한 날을 보내기는 어려울 수 있지만, 이 일상이 하루라도 더 이어지도록 힘을 내봐야지' 하고 긍정적으로 생각한다.

지금 쓰지 씨의 목표는 조금이라도 더 오래 살아 부모님의 임종을 지키는 것이다. 쓰지 씨는 암에 걸려 희망을 잃었던 자신의 심정을 떠올리면서 '시간이 지나고 보니 내가 꽤 강해졌구나. 어떻게든 해냈어'라는 생각이 들었다고 한다.

쓰지 씨와 비슷한 이야기를 한 사람이 또 있다. 위암에 걸린 한 50대 여성은 이렇게 말했다.

“지금까지 제 인생은 남들 덕분에 줄곧 순조로웠어요. 암투병을 하는 동안 상상을 초월하는 고통이 있었지만, 그걸 뛰어넘고 나니 왠지 역경에서 벗어난 기분이 들었어요. 그러자 이상한 자신감이 생기더군요. 눈앞에 닥친 일에만 몰두했더니 여기까지 올 수 있었어요. 주저앉지 않고 최선을 다한 저를 칭찬해주고 싶어요.”

그녀는 한 번도 오른 적 없는 높은 산을 자기 자신도 모르는 사이에 넘은 느낌이라고 말했다. ‘여기까지 견뎌낸 나도 참 대단하다’라는 깨달음은 자신을 바라보는 관점을 바꾼다. 그리고 자신감을 심어준다. 나는 그런 모습에서 인간의 강인함을 느꼈다.

인간을 초월한
커다란 힘을 느낀다

지금까지 알지 못했던

큰 존재를 깨닫는 사람도 있다.

달라진 현실을 마주했을 때 인간을 훨씬 뛰어넘는 존재나 힘을 깨닫는 변화가 일어나기도 한다. 이것이 다섯 번째 변화 '정신적 변모'다.

종교에 따라 신의 존재를 의식하며 사는 사람도 있고, 감격을 통해 자연의 아름다움을 깨닫는 사람도 있다.

야노 유코 씨는 48세에 유방암 진단을 받았다. 야노 씨의 중학생 딸은 내성적인 성격 때문에 좀처럼 친구들과 어울리지 못해 자주 학교 수업을 빠졌다. 야노 씨가 유방암에 걸린 이후 딸은 점점 더 학교에 나가지 않았다.

야노 씨는 딸에게 부담을 안긴 자신을 탓하며 딸의 미래를 걱정했다. 딸이 고등학교에 입학했을 때 야노 씨의 유방암은 재발한 상태였다. 화학요법을 받았지만 병세는 점차 악화됐다. 그러나 딸은 별다른 말없이 학교에 다니면서 열심히 집안일을 도왔다. 야노 씨는 이때도 '내가 병에 걸리지 않았으면 저 아이도 평범한 고등학교 생활을 보냈을 텐데'라며 줄곧 딸에게 미안해했다.

딸이 고등학교를 졸업할 무렵, 유방암은 간의 여러 곳으로 전이되어 어쩌면 졸업 시즌을 맞이하지 못할 수도 있는 상황이 됐다. 야노 씨도 남은 시간이 얼마 남지 않았음을 짐작했지만, 무슨 일이 있어도 딸의 졸업식에 참석하고 싶었다.

다행히 그 바람은 이루어져 야노 씨는 휠체어를 타고 졸업식에 참석했다. 당당하게 가슴을 펴고 졸업장을 받는 딸을 바라보자 '우리 애가 참 훌륭하게 컸구나' 하는 안도감과 응석 한번 부리지 않고 의젓하게 자라주었다는 고마움에 눈물이 멈추지 않았다.

졸업식을 마치고 야노 씨는 벚나무 아래에서 남편, 딸과 함께 사진을 찍었다. 그러다 문득 위를 올려다봤는데 파란 하늘 아래 크게 가지를 뻗은 벚나무가 눈에 들어왔다. 벚꽃이 활짝 핀 광경을 보고 야노 씨는 온몸으로 감동을 느꼈다. '아, 벚꽃이 이렇게 아름다웠던가…….'

세상을 떠나기 전에 아름다운 꽃을 피운 벚나무, 그리고 성장한 딸을 보며 멋진 하루를 보냈다는 뿌듯함 때문이었을까. 야노 씨는 그 풍경 속에서 인간의 힘을 초월하는 거룩한 무언가를 느꼈다고 한다.

3장

사람은 죽기 직전이 되어서야 마음대로 살지 못했음을 깨닫는다

자신을 몰아세우는 '또 다른 나'

'이래야 한다고 말하는 자신'이

'있는 그대로의 나'를 자주 괴롭힌다.

앞에서 이야기했듯 사람에게는 고난과 마주하는 '회복력'이 있다. 암에 걸려 자신의 인생이 달라졌다고 느껴도 많은 사람이 상실에 맞서 새로운 인생을 살아가고자 노력한다. 상실과 마주하기 위해 중요한 것은 충분히 슬퍼하고 충분히 우울해하는 것이다. 물론 이러한 방식으로 현실과 마주하는 것을 힘들어하는 사람 또한 많다.

마음속으로는 괴로워하면서도 약한 모습을 보일 수 없어 괴롭다는 말도 못 하고 강한 척하는 사람. 사실은 누군가 알아주기를 바라지만, 주위 사람에게 마음을 터놓지 못하고 고독을 느끼는 경우다. 즉, 자신의 마음을 있는 그대로 인정하지 못하는 사람이라고 할 수 있다.

왜 자신의 마음을 솔직하게 인정하지 못할까? 마음속으로는 하고 싶다고 생각하지만, 그러면 안 된다고 강하게 제동을 거는 '또 다른 나'가 있기 때문이다. 이번 장에서는 회복력을 방해하는 '또 다른 나'에 대해 이야기하려 한다.

'또 다른 나'의 힘이 강한 사람은 암에 걸린 스트레스 때문에 정신적으로 궁지에 내몰리는 일이 많다. 결국 이러지도 저러지도 못하는 상황에 이르러서야 병원을 찾아온다.

이러한 사람들이 딱히 특이한 건 아니다. 암에 걸리기 전에는 사회에서 별다른 문제도 일으키지 않았고, 어떤 의미에서는 지극히 평범하게 살아온 사람이기 때문이다. 오히려 노력형 인간으로서 여러 성과를 올리고, 평판이 좋은 사람인 경우가 많다.

이러한 사람은 애초에 상담하는 것을 마뜩잖게 여기기 때문에 본인의 고통을 이야기해 보라고 해도 좀처럼 말을 하지 않는다. 정신종양과를 찾기가 꺼려졌던 마음을 인정해주고 환자가 어려움을 겪는 부분에 귀를 기울이면 그제야 조금씩 마음을 연다.

그리하여 마침내 환자와 내가 힘을 합쳐 '있는 그대로의 마음을 인정하지 못하는' 이유를 찾아가는 작업이 시작된다. 이 과정을 통해 성장기 당시 부모와의 관계에서 단서를 발견하고, 그게 지금까지 환자의 삶 속에서 계속 커져 왔음을 확인하게 된다. 따라서 문제를 해결하기 위해 과거의 삶을 돌아보는 작업이 필요하다.

회복력을 위한 외래 진료는 성장기부터 지금까지 자신의

인생을 돌아보는 일이라 '또 다른 나'의 힘이 지나치게 강한 사람, 있는 그대로의 마음을 인정하지 못하는 사람에게 자신을 이해하기 위한 최적의 공간이 된다.

과거를 돌아보는 과정에서 환자는 나 자신을 강하게 옥죄는 또 다른 나가 존재하는 그 이유를 점차 이해하게 된다. 그래서 과거에는 또 다른 나가 필요한 사정이 있었을지 몰라도 지금은 '내 마음을 있는 그대로 인정해도 되지 않을까' 하는 마음이 들기 시작한다.

이 과정에는 시간과 끈기가 필요하다. 나는 '또 다른 나'로부터 해방된 후 다시 태어난 것처럼 살아가는 사람들의 모습을 직접 봤다.

주변의 정신과 의사들과 이야기를 나누다 보면 성인이 된 이후에는 사람 성격이 좀처럼 바뀌지 않는다는 이야기를 종종 듣지만, 사실 나는 그렇게 생각하지 않는다. 사람의 성격은 나이와 상관없이 달라질 수 있다고 확신한다.

하나 덧붙이자면, 나는 환자들의 이야기를 듣다가 문득 내 안에도 솔직한 나를 얽매는 또 다른 나가 있다는 사실을 깨달았다. 그 경험은 '이런 일에 매달리지 않아도 돼' '이럴 때는 용기를 내서 마음을 털어놓는 게 좋아' '자신의 솔직한 마음을 소중히 여겨' '이런 일은 소중히 여기는 게 좋겠어' 하며 나 자신을 돌아보는 계기가 됐다.

다음은 자신의 솔직한 마음을 인정하지 못하는 또 다른 사람의 이야기다.

일할 수 없는 나에게서 존재 가치를 느낄 수 있는가

'외과 의사로 일할 수 없으니
나는 그냥 껍데기뿐인 존재'라고 말하던 사람이
지금까지 노력하며 살아온 자신을 소중히 여기게 됐다.

48세의 외과 의사 이시하라 히데키 씨가 외래 진료를 찾아왔다.

첫 진료 때 그는 "저는 사실 정신과에 올 필요가 없어요. 믿고 지내는 주치의가 한번 가보라고 해서 온 겁니다" 하고 말했다. 그때 나는 그에게서 약해진 자신을 인정하지 못하고 애써 강한 척한다는 인상을 받았다.

나는 "아, 권유에 못 이겨 오신 거군요" 하고 대답한 뒤 현재 상황을 물었다. 그는 서서히 자신의 마음을 털어놓았다. 이시하라 씨는 암 치료 이후 손이 저리는 후유증 때문에 이제 외과 의사로 일을 하지 못할까 봐 몹시 고민하고 있었다. 그는 외과 의사로 일하지 못하는 자신은 껍데기뿐인 존재이고 아무 가치가 없다고 말했다.

한껏 자부심을 갖고 있던 외과 의사 업무에 지장이 생겼으니 충분히 괴로울 수 있지만 '외과 의사가 아닌 나는 껍데기'라는 말이 나는 마음에 걸렸다.

암에 걸리기 전까지 어떤 식으로 일했는지 묻자, 그는 동료들에게 지지 않으려고 두 배는 더 노력했다고 말했다. 의대를 졸업한 지 20년이 넘었고, 이제는 베테랑의 영역에 들어섰지만 그는 여전히 하루의 대부분을 병원에서 보냈다. 이시하라 씨의 철칙은 '모든 환자에게 최고의 의료 서비스를 제공한다'였고, 일을 대충하는 부하 직원이 있으면 호되게 질책하는 엄격한 상사였다.

이시하라 씨에게 처음에 왜 의사가 되고 싶었는지 묻자 이런 답이 돌아왔다. "선택지가 그것 밖에 없었어요." 나는 되물었다. "선택지가 그것뿐이었다고요?" 이시하라 씨는 자신이 정말로 의사가 되고 싶어 했는지, 지금도 의사가 자기 적성에 맞는지 잘 모른다고 말했다. 다시 의사가 되어야만 했던 이유를 물었더니 그는 자신이 자란 환경을 들려줬다.

이시하라 씨의 외가는 의사 집안이었다. 그의 어머니는 훌륭한 외과 의사였던 할아버지를 존경했다. 어머니는 외동아들인 이시하라 씨에게 '훌륭한 의사가 되어야 한다'는 말을 자주 했고, 그는 은연중에 이런 압박을 받으며 자랐다. 이시하라 씨가 의대에 합격했을 때는 좀처럼 칭찬하는 일이 없던 어머니도 "정말 수고했다"며 그의 노력을 진심으로 인정해주었다.

대학을 졸업하고 당당한 외과 의사로 일을 시작했을 때 그는 기쁨과 함께 '이제 정말 시작이구나. 할아버지처럼 일류 의사가 되어야 할 텐데'라는 부담을 강하게 느꼈다.

여기까지 이야기를 듣고 나니 그가 '외과 의사가 아닌 나는 껍데기'라고 말한 이유를 알 것 같았다. 나는 이렇게 말을 건넸다. "이시하라 씨는 훌륭한 외과 의사가 되지 않으면 어머님께 사랑받을 수 없었던 거군요. 그래서 줄곧 노력해 오셨고요." 그러자 그토록 굳건하던 이시하라 씨가 처음으로 감정을 억누르지 못하고 눈물을 흘렸다.

그가 마음을 가라앉히고 고개를 들었을 때 나는 "훌륭한 외과 의사가 아니면 정말로 이시하라 씨는 가치가 없는 걸까요?" 하고 물었다. 이시하라 씨는 "글쎄요, 잘 모르겠네요" 하고 답했다.

이후 상담을 통해 나는 차근차근 이시하라 씨의 인생을 되돌아보았다. 좋아하지 않았던 공부에 열중했던 일, 의사가 된 이후 많은 환자를 위해 노력해온 이야기도 들을 수 있었다.

암에 걸리기 전 이시하라 씨는 환자에게 감사 인사를 들어도 '해야 할 일을 했을 뿐'이라고 덤덤하게 생각했다고 한다. 하지만 이제는 환자가 얼마나 조바심이 났을지 이해가 되고, 환자들의 마음에 공감할 수 있게 되었다고 했다. '내가 최선을 다한 만큼 환자가 용기를 얻었을지도 모른다'는 생각도 들었다.

다섯 번째 상담이 끝날 무렵까지 '나는 이제 희망이 없다'는 그의 마음속 음성은 사라지지 않았다. 하지만 차츰 현실을 받아들이면서 어린 시절 어머니의 기대에 부응하고자 노력했던 자신을 소중히 여기는 마음이 생겼다. 마지막 면담 때 이시하라 씨는 이렇게 말했다.

"항상 최고의 서비스를 제공해야 한다고 생각했어요. 그런데 그건 스스로 훌륭한 외과 의사임을 확인하고 싶었던 거였어요. 순전히 나를 위한 거였죠. 부하 직원에게 엄격했던 것도 마찬가지예요. 나는 무리하면서 참고 있는데 다른 스타일로 일을 하거나 젊은 의사들이 쑥쑥 성장하는 모습이 저는 마냥 부러웠던 거예요. 부러워서 용서할 수 없었던 거죠. 앞으로 의사 일을 계속할 수 있을지는 모르겠네요.

어떤 형태로든 의료업에 종사하는 일은 가능하겠죠. 앞으로는 나를 위해서가 아니라 진정한 의미에서 어려움에 처한 사람을 돕고 싶어요."

평생 이시하라 씨를 얽매던 '또 다른 나'가 그의 인생에 전혀 도움이 되지 않은 것은 아니다. 어머니의 인정을 받기 위해서는 필요했던 일이다. '또 다른 나'로 인해 이시하라 씨는 피나는 노력을 했고, 그 결과 의사로서 많은 환자를 도울 수 있었다.

하지만 그의 마음은 내내 답답하고 괴로워서 비명을 지르고 있었다. 그 와중에 암에 걸리자 그는 벽에 부딪혔고, 한동안 절망에 빠졌다. 그러나 이 경험은 그동안의 삶의 방식을 되돌아보고, 마침내 '또 다른 나'와 결별해 자신을 있는 그대로 받아들이고 살 수 있는 계기가 되었다.

건강에 대한 강박은 고통을 준다

'남에게 걱정을 끼쳐서는 안 된다'는
생각의 바탕에 어린 시절의 기억이 있었다.

찻집을 운영하는 62세 여성 마쓰카와 히데코 씨는 자궁암 판정을 받았을 때 "그까짓 암에 기죽을 수 없지. 웃어넘길 수 있는 일이야"라고 말하며 오히려 담당 의사와 간호사를 안심시킬 정도였다.

마쓰카와 씨의 취미는 하이킹과 노래방에 가는 것이었고, 동네 사람들과도 늘 즐겁게 지냈다. 그래서 그런 사람이 정신적으로 위기에 처할 것이라고 아무도 예상하지 못했다.

암이 진행되고 몸의 피로가 나타나기 시작할 무렵부터 마쓰카와 씨의 밝은 미소가 조금씩 어색해지더니 머지않아 표정마저 어두워졌다. 간호를 하던 딸의 말에 의하면, 마쓰카와 씨는 집에만 틀어박혀 좀처럼 외출도 하지 않고 친구와도 연락을 끊어버렸다. 가족의 걱정에도 불구하고 정작 본인이 입을 닫아버려 무엇이 그렇게 괴로운지 털어놓지 않았다.

"암 환자의 마음 건강을 다루는 의사가 있어요. 한번 찾아가 봐요." 마쓰카와 씨의 담당 의사는 딸에게 나를 추천했다. 주저하던 마쓰카와 씨는 담당 의사의 끈질긴 권유에 못 이겨 딸과 함께 병원을 찾아왔다.

딸은 엄마에게 뭐든 털어놓아도 된다 얘기했지만, 정작 본인은 표정이 굳어 아주 기본적인 대답 외에 더는 입을 열지 않았다. 나는 마쓰카와 씨가 딸 앞에서는 말을 꺼내기 힘들 수 있을 것 같아 딸에게 잠시 자리를 비워달라 부탁했다.

딸이 자리를 비운 뒤에도 마쓰카와 씨는 한동안 말이 없었다. 그러다 "사실 걱정 끼치는 게 미안해서……" 하고 입을 열었다.

"가족에게 걱정을 끼치지 말아야 한다고 생각하시는 모양이군요. 마쓰카와 씨, 저는 전문가예요. 이런 상담에 익숙합니다. 여기서 하신 말씀은 아무에게도 이야기하지 않아요." 내가 이렇게 말하자 그제야 그녀는 더듬더듬 살아온 이야기를 꺼냈다.

마쓰카와 씨는 결혼 이후 지금 사는 곳으로 이사해 30년 넘게 찻집을 운영했다. 작은 찻집이지만 이웃 덕분에 즐겁게 장사를 해왔고, 쉬는 날에는 친구들과 어울려 하이킹을 가는 것이 취미였다. 날씨가 좋은 날 자연 속을 걸으면 더

할 나위 없이 기분이 상쾌했다고 한다.

하지만 최근에는 피로감이 심해져 하이킹도 그만두고 찻집도 접어야겠다 생각했다. "영 재미가 없어졌어요." 한숨을 내쉬는 그녀의 모습이 인상적이었다.

나는 마쓰카와 씨의 심정을 조금 알 것 같았다. 일상의 즐거움이었던 찻집과 하이킹. 그걸 할 수 없게 되자 따분함을 느끼는 것도 당연했다. 그러나 한편으로는 이해되지 않는 부분도 있었다. 딸과 친구들처럼 자신을 도우려는 사람이 곁에 있는데도 본인은 '걱정을 끼쳐서는 안 된다' 생각하며 집에만 틀어박혀 있었기 때문이다. 나는 그 이유를 물었다.

"즐거웠던 일상이 불가능해져서 울적해진 것은 이해가 됩니다. 하지만 주위 사람에게 걱정을 끼쳐 미안한 마음이 드는 이유는 뭘까요? 가족과 친구들이 걱정은 하겠지만, 정작 가장 힘든 사람은 마쓰카와 씨 본인 아닙니까. 미안해하지 않아도 될 것 같은데요."

하지만 마쓰카와 씨는 걱정을 끼치고 싶지 않다는 대답만 반복할 뿐이었다. 나는 좀 더 파고들었다. "이런 예를 들어 죄송하지만, 혹시 반대 입장이라면 어떨 것 같으세요?

따님이 병으로 고통받고 있는데, 따님은 엄마에게 걱정을 끼쳐선 안 된다고 생각해서 아무 말 없이 참고만 있다면요?" 그러자 마쓰카와 씨는 "그거야, 참지 말고 저한테 말해 주기를 바라죠. 말하지 않으면 쓸데없이 더 걱정되니까요" 하고 말했다.

다시 내가 물었다. "따님은 말해 주기를 바라면서 왜 본인은 따님에게 말할 수 없다고 느끼시나요? 뭔가 참아야만 했던 계기가 있나요?"

마쓰카와 씨는 생각에 잠긴 듯 잠시 침묵하더니 다음과 같이 이야기를 꺼냈다. "저는 어렸을 때 부모님을 잃고 도쿄에서 사업을 하는 삼촌 부부를 따라 상경했어요. 삼촌은 아무래도 부모님과는 다르니 최대한 걱정을 끼치지 않으려고 조심하며 살았죠."

담담하게 말하던 그녀는 이내 감정이 복받쳤는지 눈물을 흘리기 시작했다. 이야기를 마친 뒤에는 소리를 내며 울었다.

전쟁이 막 끝났을 무렵, 삼촌이 운영하던 섬유 공장에서 외로움을 숨기고 씩씩하게 지내려고 애쓰는 소녀의 모습이 떠올랐다. 애처로운 마음이 들었다. 아니, 대견한 마음이 들었다는 표현이 더 맞을지도 모른다.

"주위 사람들에게 걱정을 끼쳐선 안 된다고 생각하게 된 데는 그런 이유가 있었군요." 그날 진료는 그렇게 끝났다. 진찰실을 떠나는 마쓰카와 씨의 뒷모습이 어딘지 달라 보였다. 어머니와 딸의 거리가 조금은 가까워진 것처럼 보였다.

삼촌 부부에게 폐를 끼치지 않으려 조심하며 '응석을 부리면 안 된다'고 다그치던 또 다른 나. 그날 이후 마쓰카와 씨의 마음속에 살던 또 다른 나는 사라졌을지도 모른다. 그날 이후 나는 그녀를 만나지 못했지만, 담당 의사에 따르면 마쓰카와 씨는 이제 가족과 친구에게 자신의 마음을 터놓고 가까운 이들과 보내는 시간을 소중히 여기며 지낸다고 한다.

나를 억누른 채 살았다는 것을 깨달을 수 있을까

'죄송합니다'가 입버릇이었던 사람이
'마음이 질식된 채 인생을 끝낼 수 없다'며 달라졌다.

50대 유방암 환자 가타오카 구미코 씨의 이야기다.

공황장애로 전철에 타지 못해 외래 진료를 찾아온 그녀는 유방암에 걸린 이후 마음에 깊은 상처를 받은 것처럼 보였다.

가타오카 씨는 유방을 절제한 충격과 재발 불안에 시달리면서도 마음을 털어놓지 못해 스트레스가 허용치를 넘어선 것 같았다. 그러던 어느 날 갑자기 숨이 막히는 느낌이 들어 아무것도 못하는 상황에 이르렀다.

가타오카 씨는 상대방이 무슨 말을 하든 "죄송합니다" 하고 사과부터 하는 버릇을 갖고 있었는데, 나는 그게 마음에 걸렸다. 예를 들어 "어서 오세요. 앉으세요." 또는 "약을 2주치 처방해 드릴게요." 이런 말에도 그녀는 연신 죄송하다고 대답했다.

"죄송하다는 말 그만하세요. 마음 편하게 가지셔도 괜찮아요." 심지어는 이런 말에도 어김없이 "죄송합니다"가 돌아왔다. 나도 모르게 피식 웃자 가타오카 씨는 "아, 또 말했네" 하면서 부끄러워했다.

내가 "죄송합니다 말고 고맙습니다 하시면 좋을 것 같아요" 하고 말했더니 그녀는 그제야 웃음을 보이며 "아, 네, 고맙습니다" 하고 말했다.

하지만 두 번째 상담에서도 가타오카 씨는 '죄송합니다'를 반복했다. 나는 언제부터 '죄송하다'는 말이 습관이 되었는지 물었다. 그녀는 기억이 나지 않는다고 대답했다.

나는 가타오카 씨에게 질책을 당하기 쉬운 환경에서 그런 말버릇이 생길 수 있음을 알려주었다. 그러자 가타오카 씨는 자신의 여러 기억을 떠올리며 과거를 회상했다. 이야기를 들어 보니 어린 시절 아버지와의 관계가 그녀를 힘들게 하는 원인인 것 같았다.

가타오카 씨의 아버지는 직접 회사를 일궈 성공한 사업가였다. 어린 시절 아버지는 자신과 여동생을 백화점 장난감 매장에 데려가 "30분 내로 좋아하는 물건을 하나씩 골라와. 뭐든 좋으니 비싸고 좋은 걸 골라야 된다" 하고 말하곤 했다.

가타오카 씨는 '아버지가 칭찬해 줄 만한 장난감을 찾아야지' 생각하다가 점점 마음이 조급해졌다. 그래서 눈앞에

보이는 큰 인형을 들고 갔다. 그녀와 달리 제대로 비싼 장난감을 고른 여동생에게 아버지는 “너는 물건을 보는 안목이 있구나” 하며 머리를 쓰다듬어 주었다.

고급 초밥 식당에 갔을 때도 비슷한 일이 있었다. 카운터석에 앉아 뭐든 시켜 보라는 아버지의 말에 가타오카 씨는 머뭇거리다가 겨우 오이초밥을 주문했다. 반면 여동생은 한 치의 망설임도 없이 가격이 꽤 나가는 참치 뱃살을 주문했다. 그럴 때마다 아버지는 한숨을 쉬며 가타오카 씨를 못마땅한 표정으로 바라봤다.

그래도 가타오카 씨는 아버지를 아주 좋아했다. 듬직한 체격에 자신감이 넘치는 아버지였다. 하지만 그런 아버지로부터 ‘너는 내 성에 차지 않는구나. 실망스럽다’라는 메시지를 반복해서 받자, 아버지와 함께 있을 때는 조금씩 더 주눅이 들었다. 마음 편히 웃지 못하고 언제나 남의 안색부터 살피는 버릇이 생겼다. 자신이 못났다고 여기며 자신감을 완전히 잃어버린 채 가타오카 씨는 어른이 되었다.

상담을 진행하며 가타오카 씨의 남편을 만났는데, 그는 아버지와 달리 다정한 사람이었다. 조금 느린 아내를 잘

기다려주는 사람이었다. 결혼 이후 남편이 화를 낸 건 단 한 번뿐이었다. 가타오카 씨가 "암에 걸려 미안해" 하고 말했을 때 남편은 처음으로 "무슨 소리야! 그건 사과할 일이 아니야" 하며 언성을 높였다. 가타오카 씨의 아들 역시 착한 학생이고 수의사를 목표로 공부 중이라는 이야기도 들었다.

가타오카 씨는 힘들었던 어린 시절부터 현재까지 자신을 돌아보는 시간을 가졌다. 그 시간을 통해 공황장애가 찾아온 이유를 스스로 깨달았다. 계속 자신을 억누르고 살아온 것이다. 다정한 남편과 아들이 있었지만, 이들로부터 '실망했다'는 말을 들을까 봐 마음 한편에서는 늘 노심초사했다.

그러다 유방암 이후 머리숱이 줄어든 모습을 거울로 확인하고 마침내 인내심의 한계가 찾아왔다. '암으로 죽을지도 모르는데 마음이 질식된 채 인생을 끝낼 순 없다'고 생각했다.

가타오카 씨는 상담 과정에서 이렇게 말했다. "선생님, 있는 그대로의 저라도 괜찮을까요?"

나는 당연히 그렇다고 대답했다.

그날 이후 가타오카 씨는 확 달라졌다. 옷도 밝게 차려입고 친구와 함께 점심을 먹으러 나가기도 했다.

회복력 외래 진료는 자신의 솔직한 마음을 따르는 인생에 대해 이야기하는 자리다. 무엇이 사람을 한자리에 가두고 있는지 이해하고 나면 마음은 저절로 자유로워진다.

'must의 나'로 살면 벽에 부딪혔을 때 좌절한다

'want의 나'를 진짜 나로 여기고
소중히 여기는 게 좋다.

이시하라 씨, 마쓰카와 씨, 가타오카 씨의 사례를 각각 돌아보자. 우선 이시하라 씨에게는 훌륭한 외과 의사가 아닌 자신은 가치가 없다고 말하는 '나'가 있던 셈이다. 마쓰카와 씨에게는 주위 사람에게 걱정을 끼쳐서는 안 된다고 하는 '나'가 있었고, 가타오카 씨에게는 나는 쓸모없는 인간이라고 말하는 '나'가 있었다.

이들은 마음이 슬프고 어딘가에 기대고 싶은 생각이 들어도 '약한 소리를 하면 안 된다'고 말하는 또 다른 나 때문에 하루하루를 혼자 견디며 살아왔다. 서로 다른 두 명의 자신이 있고 격렬하게 충돌하는 상황이었다. 사실은 누구나 자기 안에 상반된 자신을 갖고 있다.

어린아이일 때는 슬프고 기대고 싶은 마음을 그대로 드러내 어머니에게 응석을 부리기도 한다. 오로지 나의 want에 따라 행동하는 자신이 존재한다.

그러나 부모의 훈육이 시작되고 사회생활을 위해 타자와 관계를 맺는 과정에서 점점 '약한 소리를 하면 안 돼' '좀 더 노력해' '이런 상황에는 제대로 대처해야지' 하고 강요하는 'must의 나'가 형성된다.

세 사람의 사례를 가만히 보면 'must의 나'가 도움이 된 측면도 있다. 예를 들면 이시하라 씨의 경우 훌륭한 외과 의사가 되어야 한다는 부담감 때문에 노력을 지속할 수 있었다.

그렇다면 'want의 나'와 'must의 나' 중 어느 쪽이 진짜 나일까?

양쪽 모두 자기 자신이지만, 슬픈 마음을 드러내면서 기대고 싶어 하는 'want의 나'를 진정한 나로 생각하고 소중히 여겼으면 좋겠다. 물론 'want의 나'만 있어서는 안 된다. '조금만 더 힘내자'고 애쓰는 내가 필요한 순간도 있을지 모른다.

그러나 'must의 나'가 주인공이 되어 약한 소리를 해선 안 된다며 'want의 나'를 항상 강하게 구속하는 방식은 몹시 괴롭다. 그렇게 노력해서 사회에서 성공했다 할지라도 'want의 나'는 비명을 지르고 있다. 마음속 깊이 허탈감이 떠돌게 마련이다.

그리하여 강한 'must의 나'가 존재하는 사람들은 더 이상 must의 목소리에 맞추기 힘든 중년이 되었을 때 위기를 맞기도 한다. 암과 같은 큰 장벽에 부딪혔을 때 좌절하기도 한다. 상실과 마주하기 위해서는 마음껏 슬퍼하고 침울해하는 것이 중요한데, 'must의 나'는 그러한 행동을 용납하지 않기 때문이다.

그렇다고 이 막다른 감정에 반드시 부정적인 면만 있는 것은 아니다. 앞의 세 사람이 그러했듯 막다른 감정은 일종의 계기가 되기도 한다. 지금까지와는 다른 길을 찾고, must의 지배에서 벗어나 'want의 나'가 자유로워질 수 있는 기회다.

자유로워졌다고 해서 병으로 인한 고통에서 벗어날 수 있는 건 아니지만, 있는 그대로의 내 감정을 받아들이고 생기를 되찾는 사람이 많다. 진정한 내가 주인공이 되어 살아가면 적어도 '이대로 살아도 괜찮을까' 하는 고민은 사라진다.

나 역시 주체적으로 내 삶을 살았다고 보기 힘든 길을 걸어왔다. 나의 want보다 남의 요구에 부합해 살았고, 눈앞의 일에 쫓겨 살다가 시간이 지나자 깊은 공허함을 느꼈다.

그런 나에게 세 사람은 많은 가르침을 주었다. 자신의 want에 귀를 기울이고, 마음속 깊은 곳에 있는 내 감정을 소중히 여기기 시작하자 공허함은 점차 사라졌다. 이 이야기는 다음 장에서 더 자세히 하고자 한다.

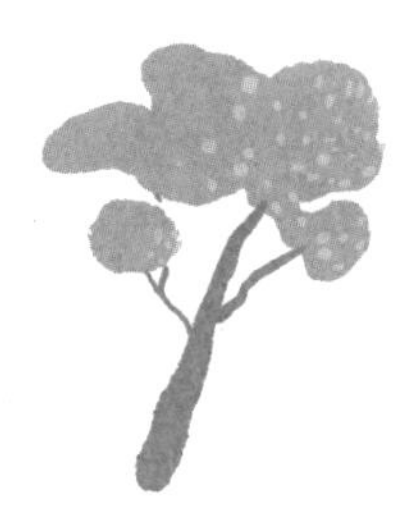

4장

오늘을 소중히 여기기 위해 자신의 want와 마주하기

죽을 걸 알면서도 사람은 왜 최선을 다해 사는 걸까

암센터에서 일하면서

죽음과 친숙해졌다는 느낌이 생겼다.

이번 장에서는 개인적인 이야기도 조금 해볼까 한다.

어쩌면 여러분이 나에게 별로 관심이 없을 수도 있고, 내 이야기를 함으로 인해서 내 인간관계나 생활에 지장이 생길 수도 있다.

하지만 나는 이 일을 하면서 정말 많은 것을 배웠다. 암을 겪은 사람들의 이야기를 통해 뭔가를 배울 수 있고, 그렇게 인생의 방향을 잡을 수 있다는 생각이 들었다.

물론 공감하지 못하는 부분이 있을 수도 있다. 공감하기 어려운 부분이 있다면 '그렇게 느끼는 사람도 있구나' 정도로 넘어가면 좋겠다.

나는 31세였던 2003년 봄 국립암센터에서 일하기 시작했다. 지금 생각하니 큰 착각이었지만, 이제 막 정신과 연수를 마친 당시 나는 이미 그럴 듯한 의사가 된 것 같았다.

그때까지 내가 병원에서 만난 환자는 대부분 '전형적인 정신 질환'을 겪고 있었고, 특히 약물 치료를 할 때 효과가 나타나기 쉬운 환자가 모인 병원이었다. 그래서 나는 치료를 통해 정신적 고통이 나아질 수 있다고 굳게 믿었다.

그 무렵 나는 우울증과 같은 정신적 고통 때문에 힘들어 하는 암 환자들이 많다는 이야기를 들었다. 나는 내가 그들을 구할 수 있다고 생각했다. 어떤 현장인지 제대로 알지도 못하면서 내가 암센터에서 일하면 어떤 도움이라도 줄 수 있으리라 생각했다.

그러나 내가 도움이 될 수 있을 거라는 환상은 국립암센터 근무 첫날부터 깨져버렸다. 그동안 정신과 의사로서 배워온 것들 대부분이 도움이 되지 않는다는 사실을 매일 절감했다.

내가 만난 대다수의 환자는 나보다 훨씬 인생 경험이 많은 사람들이라 상담을 해보면 죽음 이외에도 암과 관련한 여러 고민을 안고 있었다.

바로 앞에 앉은 환자가 "선생님, 저 이제 시간이 얼마 없어요. 어떻게 하면 좋죠?" 하고 하소연을 해도 나는 뭐라고 답해야 할지 알지 못했다.

일을 시작한 지 얼마 되지 않아 이런 생각이 들었다. '아직 젊은 내가 무슨 도움이 되겠어? 나 같은 사람이 도움이 될 리 없지.' 미안한 얘기지만 환자들도 나에게 믿음이 가지 않았을 것이다.

환자의 기대에 부응하지 못하고 도움을 주지 못하고 있다는 생각에 나는 너무 고통스러웠다. '내가 여기에 있어 봤자 무슨 의미가 있을까'라는 생각이 맴돌았고, 일반 정신과 진료로 돌아가야 하나 계속 고민이 됐다.

당시 내가 힘들었던 이유는 하나가 더 있다.

내가 만난 환자들이 연달아 세상을 떠났고, 그중에는 나와 같은 세대이거나 나보다 어린 환자도 있었다. 특히 같은 또래 환자를 상담할 때는 그의 인생 이력을 듣는 내내 그의 마음을 이해할 수 있었고, 당사자의 심정이 생생하게 와 닿았다.

그래서 줄곧 완치되기를 바랐던 환자가 '젊은 나에게 왜 미래가 없을까' 하는 억울함과 슬픔을 안고 세상을 떠나면 내 안에도 그 감정이 형태를 바꿔 남았다.

일의 특성상 그런 일이 빈번하게 일어났기 때문에 나는 점점 지쳐갔다. 이전에는 죽음을 생각조차 한 적이 없었는데, 날이 갈수록 죽음이 가깝게 느껴졌다.

그 시절 나는 무엇을 위해서 지금 내가 살아있는지 알지 못했다. 거대한 공허함을 안고 있었다. 하지만 나는 기대와 의욕을 잃지 않으려 노력했다. '지금은 방황하지만 계속 길을 찾아보자. 언젠가는 충실한 인생에 도착하겠지' 생각하며 나만의 의미를 찾고자 했다.

'암센터에서 일하면 삶의 의미에 관한 힌트를 더 쉽게 발견할 수 있지 않을까' 하는 숨은 기대가 있었는지도 모른다. 그러나 일을 시작했을 당시에는 괴로움이 더 컸다.

사람에게 반드시 죽음이라는 마지막이 있다는 사실을 실감하자, 지금까지 먼 미래의 일로 여겼던 죽음이 금세 나에게도 찾아올지 모른다는 생각이 들었다. 죽음의 그림자가 느껴졌다. 인생에 만족하지 못하고 살다가 좋은 일 하나 없이 삶이 끝나버리지는 않을까 두려웠다.

목표를 잃어버린 듯한 괴로운 시간은 오랫동안 이어졌다. 하지만 나는 이후에도 암 환자의 임상 현장을 떠나지 않았다.

나는 왜 그만두지 않았을까? 시간이 얼마 남지 않았음을 잘 알면서도 최선을 다해 남은 시간을 살아보려고 하는 환자의 모습을 보면서 충격을 받았기 때문이다.

마틴 루터는 말했다. "내일 세상이 끝난다 해도 나는 오늘 사과나무를 심겠다." 하지만 그 시절의 나는 여전히 풀리지 않는 수수께끼에 사로잡혀 있었다. '곧 인생이 끝난다는 사실을 알면서도 어떻게 최선을 다해 하루하루를 살아갈 수 있을까?' 하던 일을 계속하면 나는 언젠가 그 수수께끼가 풀리지 않을까 생각했다.

‘이렇게 해야 한다’로 살아가면 ‘무엇을 위해 사는지’ 알 수 없다

‘이렇게 해야 한다’는 생각에 매인 채 어른이 된 후,
내 인생을 살고 있지 않다는 문제를
처음 대면하게 되었다.

당시 나는 왜 그렇게 공허함을 느꼈을까? 내 감정에 솔직한 삶을 살고 있다는 실감이 없었기 때문이다.

앞에서 나는 want와 must에 관해 이야기했다. 내가 성장하는 동안 내 안에도 '이렇게 해야 한다'고 말하는 강한 'must의 나'가 형성됐다. 내성적인 성격 때문에 'must의 나' 앞에서 'want의 나'는 목소리를 낼 용기를 잃었다. 용기를 쥐어짜 겨우 목소리를 내봤지만 금세 사라지고 말았다.

나처럼 1970년대 초중반에 태어난 베이비부머의 자녀 세대를 '단카이団塊 주니어'라고 부른다. 우리 세대는 흔히 통제식 교육과 입시 전쟁, 학교 폭력으로 요약된다. 지금보다 훨씬 want의 목소리가 억압당하기 쉬운 시대였다.

당시 중학생에게 배부된 학생 수첩에는 권장하는 머리 스타일, 소지품, 양말 색깔과 치마 길이까지 상세히 나와 있었다. 사고방식에서부터 몸가짐까지 학생 개개인의 개성을 존중하지 않고 일률적으로 통제하려는 분위기가 강했다.

엄격한 통제에 맞서 강하게 자기 생각을 펼칠 수 있는 사람은 사춘기에 '반항'이라는 형태로 싸웠다. 당시 유행했던 노래의 가사에는 통제식 교육에 반항하는 젊은이의 모습이 그려지기도 했다. '나답게 살기'를 주제로 한 음악과 소설이 점차 유행하면서 사람들 사이에서 '자아 찾기'가 키워드로 떠올랐다.

부모님은 최선을 다해 나를 키웠고, 무조건적으로 나를 사랑해주셨다. 어린 나를 보살피고, 다양한 지식과 지혜를 전수하고, 진취적으로 나아갈 수 있는 사람으로 키워주셨다. 나는 지금도 그 모든 것에 감사한다.

다만 우리 부모님도 '아이가 무엇을 하고 싶어 하는가'를 먼저 알려고 하지 않았다. '이렇게 해야 한다'는 이상적 기준이 있어서 "그러면 안 된다" "게을리 살면 안 된다" "사회에 도움이 되는 사람이 되어야 한다"는 이야기를 늘 하신 것 같다.

나는 초등학교 4학년 때 전학을 갔는데, 새로운 환경에 적응하지 못하고 중학교에 올라간 이후 따돌림을 당해서 점점 더 자신감을 잃었다. 있는 그대로의 나를 괜찮다고 생각하지 못하고 항상 두려움에 시달리는 아이가 되어갔다.

내성적인 성격이라 반항할 용기도 없어서 그저 답답한 현실을 받아들일 수밖에 없었다. 그 결과 'want의 나'는 마음속 깊이 갇혀버렸다. 그 당시 나는 당당하게 자신의 삶을 사는 사람을 부러워하면서 자신감이 없는 나 자신을 혐오했다.

'want의 나'가 완전히 목소리를 잃어버린 반면 'must의 나'는 사회적 규범이나 주위 사람들의 의견으로부터 지침을 얻었다. 지금 가는 길이 맞는지 틀린지를 부모님이나 다른 사람의 인정으로 판단했다. 여러 의견에 좌지우지되어 감정은 더욱 요동쳤다. 공허함은 날로 커졌다. 나는 '무엇을 위해 살아야 할까' 고민했다.

이러한 고민에는 문화적인 부분도 관련이 있는 것 같다. 일본에는 '분위기를 읽는다'는 말이 있다. 그만큼 집단의 평화를 중시하는 경향이 있다. 어떤 것을 봤을 때 자신은 흰색이라고 느껴도 평화를 깨지 않기 위해 남들처럼 검은색이라고 말하도록 요구받는다.

자신의 중심축이 제대로 선 뒤에 상황에 따라 받아들이

는 태도를 달리할 수 있으면 좋겠지만, 그렇게 되기도 전에 분위기 유지를 최우선으로 살면 마음이 답답하고 힘들어진다. 그리하여 더욱더 '나는 무엇을 위해 사는가'라는 고민이 깊어진다.

나는 '이렇게 하고 싶다'는 솔직한 자기감정을 억누른 채 성장했고, '무엇을 위해 사는가'라는 고민과 공허함을 안은 채 성인이 되었다. 시간이 흘러 의사가 된 나는 눈앞의 업무에 쫓겨 본질적인 것을 생각할 여유도 없이 하루하루를 보냈다.

서른 살 무렵에는 워낙 일이 많고 바빠서 나에게 중심축이 없다는 사실을 어떻게든 외면하며 살 수 있었다. 그러나 암센터에서 만난 환자로부터 남은 시간을 어떻게 살면 좋겠냐는 질문을 들었을 때 현재를 어떻게 살아야 행복한지도 모르는 나로서는 아무 답을 떠올리지 못했다. 나는 큰 장벽에 부딪혔다.

그리고 줄곧 외면했던 '내가 나 자신의 인생을 살고 있지 않다'는 문제를 마주했다.

절망스러운 상황에서도 긍정적인 마음을 잃지 않았던 사람

임상의 2년 차 시절,

나에게 깊은 인상을 남긴 환자

암에 걸리면 어떤 고통을 겪을까?

가족 중에 환자가 있다면 알 수도 있지만, 그렇지 않은 사람이라면 암 투병에 대해 '상상도 할 수 없을 만큼 아프고 힘들겠지' 하고 막연하게 생각하기 마련이다.

암으로 인한 스트레스는 여러 방면에서 나타난다. 죽음을 의식하게 되고, 삶 자체를 위협할 뿐만 아니라 지금까지 보람을 느끼며 해온 모든 활동을 불가능하게 만들어서 나름 자기 삶을 충실하게 살던 사람마저 순간 인생의 목적을 잃기도 한다.

건강한 게 당연하다고 생각했던 30대 시절의 나는 암 환자를 마주하고 큰 충격을 받았다. 암 진단과 재발 판정을 경험한 사람들의 이야기에는 충격과 분노, 슬픔, 절망 등 부정적인 감정이 가득했다. 이야기를 듣고 있으면 이 사람들이 앞으로도 계속 절망 속에서 살겠구나 생각이 들었다.

내 역할은 환자의 고통에 가까이 다가가는 것이었지만, 환자의 절망이 앞으로도 계속되겠구나 생각이 들자 그러한 이야기를 듣기가 너무 힘들어 그 자리에서 벗어나고 싶었다. 하지만 이게 내 역할이라며 스스로를 꾸짖고 어떻게든 환자의 침대로 발걸음을 옮겼다.

그런 일상을 계속하자, 환자에 따라 조금씩 차이는 있지만 종종 신기한 일이 일어났다. 환자의 심경이 달라지는 일을 목격하게 됐다. 병으로 인한 고통은 계속되고 있지만, 예전보다 더 하루하루를 소중히 여기며 살아가려는 환자가 있었다.

죽음을 앞두고 있는데 감사의 마음이 가득한 사람이 있다는 게 처음에는 놀라웠다.

암 의료 현장에서 일한 지 2년 차가 됐을 때 내게 깊은 인상을 남긴 환자가 있었다.

구강암을 앓았던 그 환자는 나보다 조금 어린 20대 남성이었는데, 수술 뒤 바로 암이 재발한 상태였다. 재발 사실을 알았을 때 그는 큰 충격을 받아 "나는 아무 잘못도 안 했는데 왜 이런 일을 계속 겪어야 하느냐"며 분통을 터뜨렸다.

이후 입속 종양이 점점 커져 그는 아무것도 삼키지 못하는 상황이 되었다. "젊은 사람인데 암이 악화돼서 마음이 많이 괴로울 겁니다. 그 환자 얘기 좀 들어주세요." 나는 담당 의사의 부탁을 받고 상담에 나섰다.

'이 상태라면 지금 심정이 어떨까? 내가 이 상황이라면 견딜 수 없을 것 같은데 뭐라고 말을 걸어야 할까? 내가 뭘 할 수 있을까?' 진료기록부를 살펴본 뒤 나는 조심스럽게 환자의 병실로 향했다.

그러나 예상과 달리 그의 태도는 매우 긍정적이었다. "와주셔서 감사합니다." 그는 웃는 얼굴로 나를 반겼다. 가족과 담당 간호사 등 주위 사람에게도 늘 감사 인사를 전했다. 스포이드로 겨우 목에 주스를 넣어 마시면서도 그는 맛있다며 웃음을 짓고, 한껏 신난 목소리로 자신이 좋아하는 소설 얘기를 들려주었다.

당시 나는 그가 어떻게 절망하지 않고 지낼 수 있는지, 어떻게 주위 사람들을 배려하고 미소를 보일 수 있는지 이해하지 못했다.

병세가 심각한데도 그는 절망하지 않고 주위에 감사하면서 매 순간을 긍정적으로 살려고 노력했다. 내가 어렵게 말을 꺼내도 언제나 따뜻하게 반응해주었다.

반년 뒤 그가 세상을 떠났다. 그의 아버지는 눈물을 머금고 말했다. "그 아이는 최선을 다해 살다 갔어요. 선생님께도 신세가 많았습니다." 아들을 떠나보내고 누구보다 괴로운 심정이었을 아버지가 오히려 의료진을 위로했다.

그를 돌보던 의료진은 모두 슬퍼하면서도 그가 마지막까지 최선을 다했던 모습을 떠올렸다. 환자를 떠나보낸 슬픔과 동시에 그의 가족을 존경하는 마음이 생겼다. 시간이 얼마 남지 않았고, 병으로 생긴 여러 불편을 겪어야 했음에도 그에게는 흔들림이 없었다.

그가 흔들림 없는 자세로 밝게 살 수 있었던 까닭은 무엇일까? 당시 나는 그 상황을 그저 신기하게 여기면서 '무엇을 위해 사는지 알지 못하는' 나에게도 분명 길이 있다는, 막연한 희망을 얻었던 것 같다.

인생은 한 번뿐인 여행

죽음을 친숙하게 느끼면서
나름의 '생사관'이 생겼다.

나도 언젠가 병에 걸릴 수 있고, 그 끝에는 반드시 죽음이 있음을 실감하자 공포와 불안, 슬픔, 절망, 분노의 감정이 찾아왔다. 하지만 죽음과 가깝게 지내면서 1년 정도 일상을 보내자 내 감정은 조금씩 차분해졌다.

생각도 달라졌다. '언젠가 힘든 싸움을 맞이하겠지만, 남은 시간은 분명히 있어.'

현실을 조금 보류하는 작은 변화에 불과할 수도 있지만, 공포와 같은 부정적 감정과 심리적으로 거리를 두는 느낌이 들었다. 그러자 조금은 냉정하게 나의 상황이 보이고, 조금 더 시간이 지나자 내가 지금 건강하게 살아 있음에 감사하는 마음이 생겼다.

물론 지금 건강하더라도 언젠가는 상황이 달라질 것이다. '건강은 영원하지 않다'고 생각하니 내일이나 내일모레, 다음 달, 1년 뒤가 당연하게 느껴지지 않았다. 인생은 당연하게 계속되는 것이 아니었다. 적어도 오늘 하루에 감사하게 된 것이다.

그 무렵 나는 무슨 일에든 감사하는 마음이 넘쳐났다. '언젠가 나도 침대에 누워 지내겠지. 하지만 그때의 내가 지금의 나를 보면 한없이 부럽겠지. 시간을 헛되이 보낸 걸 후회하겠지.' 이런저런 상상을 하기도 했다.

일을 마치고 동료와 술을 마시러 가서도 나는 진지한 얼굴로 이런 말을 했다. "머지않아 이 맛있는 맥주를 즐기지 못하는 날이 오겠지. 그런 생각을 하니 오늘 하루가 또 감사하다." 그러면 동료들은 "뭐야, 무슨 일 있어?" 하며 내게 걱정스러운 시선을 보내기도 했다.

이 무렵 내 안에 처음으로 '생사관生死觀'이라는 것이 생겼다.

생사관이란 삶과 죽음에 대한 생각을 가리킨다. 나에게 죽음은 무엇인가를 제대로 응시한 뒤, 남은 생을 어떻게 살 것인가 고민하는 가운데 형성되는 견해나 입장이다. 암센터에서 일을 시작할 무렵 나는 죽음을 생각하지 않았기 때문에 생사관이 없었다. 하지만 내가 만난 환자들의 죽음을 마주하면서 좋든 싫든 죽음을 응시해야 했다.

사람은 죽음을 어떻게 응시할까?

죽은 다음 사람의 영혼이 어떻게 되는지, 애초에 영혼이 존재하는지와 같은 질문에 과학은 명확하게 답을 하지 못한다. 따라서 사람마다 의견이 분분하다. 어떠어떠해야 한다고 규정된 것도 없다.

사후 세계가 있다고 말하는 사람, 자신이 다시 태어난다고 믿는 사람, 죽으면 모든 게 끝이라고 생각하는 사람도 있다. 다시 태어나지는 않아도 자신이 만든 무언가가 소중한 사람의 마음속에 살아남아 자신이 이어진다고 믿기도 한다.

당시 나는 죽으면 모든 것이 끝난다고 생각했다. 삶이 즐거웠던 사람은 죽은 뒤 모든 게 끝나도 괜찮을지 몰라도, 하루하루 공허함만 느끼던 나는 왠지 억울했다. '이대로 죽으면 내 인생은 좋은 일 하나 없이 끝나겠구나' 생각했다.

모든 게 끝나는 죽음이 찾아오기 전에 어떻게 인생의 의미를 발견할 수 있을까, 그게 나의 고민이었다.

그러던 어느 날 TV를 보다가 '인생은 한 번뿐인 여행'이라는 문장이 가슴속으로 확 밀려들어왔다. 흔한 말 같지만, 고민이 많았던 나는 정신이 번쩍 드는 느낌이었다.

'그래, 한 번뿐인 인생이지. 세상에 태어나 딱 한 번 여행할 기회를 얻은 거야. 여러 사람을 만나면서 이것저것 경험하고 되도록 알찬 여행으로 만들어야지.'

인생을 종착점이 있는 여행이라고 생각하면 죽음은 더 이상 두려움의 대상이 아니다. 그야말로 종착점일 뿐이다.

'어차피 끝은 오게 마련이고, 이걸 여행이라고 생각한다면 끙끙 고민할 필요 없이 마음 가는 대로 하면 되지 않을까?' 나는 그렇게 마음을 다잡았다.

허무주의에 가까운 나의 이런 사고방식에 공감하지 못하는 사람도 많으리라 생각한다. 하지만 죽음을 응시하는 절망과 공포에서 빠져나와 내가 처음으로 인생을 긍정적으로 받아들인 순간이었다.

지금 내 마음이 편안한 일을 한다

다른 사람의 평가에 얽매이지 말고,
내 마음에 따라 솔직하게 살아간다.
소중한 사람과의 시간을 귀하게 여긴다.

'인생은 한 번뿐인 여행'이라는 시각이 생기자 나는 서서히 자유로워졌다.

'오늘 하루는 언제 잃을지 알 수 없는 것'이라는 생각을 마음속에 간직하면서 일상에서 놓치기 쉬운 만남과 기회를 하나하나 소중히 여기게 되었다.

소중한 오늘을 보내는 일은 무엇을 해야 내 마음이 편안하고, 내가 무엇을 하고 싶은지 알아내는 일이다. 자연스럽게 그동안 가둬둔 나의 want와 마주하는 계기가 되었다.

하지만 너무 오래 must에 얽매여 살았기 때문에 내가 무엇을 원하는지 want의 목소리에 귀를 기울여 봐도 좀처럼 들리지가 않았다.

want의 목소리가 또렷하게 들리지 않아 나는 여전히 어디로 나아가야 할지 정확히 알지 못했다. 암 투병을 하며 나보다 더 생생하게 인생의 남은 시간을 마주했던 사람들은 답을 갖고 있었다. 바로 그 답이 나의 이정표가 되었다.

1장에서 말한 것처럼, 100명의 환자가 있다면 병과 마주하는 100가지의 방법이 있는데 여기에는 대개 공통된 요소가 있다.

다른 사람의 평가에 얽매여봤자 행복해질 수 없으며, 자신의 솔직한 감정을 따르며 살아가도 된다는 것, 소중한 사람과의 시간을 우선할 것, 지금 여기의 시간을 충분히 음미하는 것이다.

일을 그만두고 잠시 휴식기를 가질까 생각한 적도 있었다. 하지만 결과적으로 나는 환경을 크게 바꾸지 않고 내 마음가짐을 바꿨다. 그러자 마음이 한결 편안해져서 지금은 일상에 대체로 만족하며 지내고 있다.

내 안에 있는 want의 목소리를 듣고 나답게 살아갈 수 있는 작은 팁을 하나 소개하고 싶다. 나에게 좋았던 방법이 다른 사람한테도 도움이 될지 확신할 순 없지만, 참고하기 바란다.

한때 부탁받은 일을 거절하지 못하고 강박적으로 떠맡았다가 과도한 업무량에 허덕이던 시기가 있었다. 그 결과 눈에 띄게 업무 효율이 떨어졌는데도 나는 여전히 남의 부탁을 거절하지 못해 자신을 몰아세웠다. 악순환이었다.

지금 생각하면 왜 그랬을까 싶지만, 당시에는 '거절하면 안 돼' '기대에 부응하지 않으면 신뢰를 잃을 거야'와 같은 압박감이 강했다. 반대로 '쉬고 싶어' '더 이상은 무리야' 같은 내면의 목소리는 외면했다.

당시의 나에게 해주고 싶은 말이 있다. 'must의 나'를 따르면서 want를 희생하면 아주 무거운 마음의 짐을 떠맡게 된다는 것이다.

가고 싶지도 않은 모임에 초대받았거나 하고 싶지 않은 일을 부탁받았을 때 또 다른 내가 나타나 이렇게 말한다. '거절하면 나중에 외톨이가 될 텐데!' 때로는 이런 목소리가 들리기도 한다. '이 일을 제대로 안 하면 다들 널 무능한 사람으로 볼 거야!'

물론 모든 부탁을 거절하기는 어렵다. 하지만 하고 싶지 않은 일을 계속 떠맡으면 인생이 허무해지고 활기차게 살아갈 에너지를 통째로 빼앗긴다는 사실을 알아야 한다. 우울증에 걸릴 위험도 있다.

must의 목소리에 맹목적으로 따르기 전에 희생을 치르면서도 참석할 만한 모임인지, 희생을 치르면서도 내가 맡아야 하는 일인지 곰곰이 따져봐야 한다.

갑자기 말고 서서히 must의 목소리에 맞서면 어떨까? 천천히 사소한 일부터 시작해도 괜찮다.

내가 처음으로 must의 목소리에 반항했던 일은 참석하지 않아도 별 타격이 없을 모임을 거절하고 당시 내가 빠져 있던 동화작가 타샤 튜더의 인생을 그린 영화를 보러 간 것이다. 타샤가 만든 아름다운 정원과 그림책을 보며 나는 큰 위안을 받았다. 그날 잠들 무렵 나는 마음속 어딘가에서 만족감을 느꼈다. 그리고 '이 방향이 맞다'고 확신했다.

이후 나는 'must의 나'에게 맞서도 된다는 자신감이 생겨 점차 대담한 반항을 시작했다.

일단 마음 가는 대로 부딪혀본다

괴로움에 몸부림치고 있다면
나의 슬픔과 분노의 목소리에 귀를 기울여 보라.
내 마음의 목소리를 소중히 여겨라.

지금 답답함을 느끼고 있다면 괴로움에 몸부림치는 마음의 목소리에 귀를 기울여 보자. 그게 가장 중요하다. 슬픔에 빠진 내가 무엇을 잃었다고 느끼는지, 무엇에 부당함을 느끼고 분노하는지 말이다.

부정적인 감정을 계속 억누르기만 하면 희노애락의 감정 전체가 얼어붙어 삶의 활기를 잃어버릴 수 있다.

'must의 나'에게 사소한 반항을 시작한 뒤, 나는 솔직한 내 마음을 최대한 소중히 여겼다.

물론 마음이 괴롭다 해서 바로 회사를 그만두는 큰 결정을 충동적으로 하는 일이 없도록 조심해야 한다. 하지만 뭔가를 판단할 때 죽음을 의식하면 종종 답이 바뀌기도 한다.

당신의 마음은 '꼭 하고 싶다' 말하는 게 있는데 그냥 우두커니 있으면 그건 실현되지 않는다. 그냥 인생이 끝나버릴지도 모른다. 기한을 정하지 않고 나중으로 미루면, 그건 결국 실현되지 않는 결과에 한걸음 더 가까워지는 길이다. 이 사실을 명심하고 차근차근 준비하면 된다.

나는 사소한 일에서부터 want의 목소리를 들으려고 노력했다. 예를 들어 점심 메뉴가 그렇다. 나는 병원 안에 있는 편의점에서 자주 점심을 사 먹었는데, 그때마다 메뉴 선택에 어려움을 겪었다. '우동은 빨리 먹을 수 있는데' '덮밥은 칼로리가 높은데' 같은 이유 때문이었다.

그러다가 합리적 계산과 잠시 거리를 두고 솔직하게 내가 지금 먹고 싶은 게 뭔지에 집중해 진열대를 바라보기 시작했다. 그러면 자연스럽게 먹고 싶은 음식에 손이 간다.

내 주장을 합리화하려는 게 아니다. 먹고 싶은 것을 먹으면 정말로 마음은 만족스러워진다. 또 나는 DVD 대여점에서 아무 생각 없이 구경하다가 마음이 끌리는 것을 빌리기도 하고, 서점을 어슬렁거리다가 마음이 가는 책을 사보기도 한다. 사실 굳이 사지 않아도 상관없다.

마음 가는 대로 무작정 부딪혀보기를 적극 권유한다. 목적과 시간의 제약을 두지 않고 내 가슴이 어떨 때 뛰는지 want의 목소리를 의식적으로 듣는 것이 중요하다.*

---

* want의 나와 must의 나, want의 목소리를 듣는 방법에 관해 다음의 책을 참조했다.《「普通がいい」という病, 泉谷閑示, 講談社, 2006.》

5장

죽음을 응시하는 일은
어떻게 살아갈지를 응시하는 일

죽음을 없는 것처럼 여기는 사회는 언젠가 파탄을 맞는다

'인생에는 기한이 있고,
나도 언제 병에 걸릴지 모른다'고 생각하는 자세가
본연의 인간을 인식하는 일이다.

"병원에서 내가 병으로 죽을 수도 있다고 하는데 말이야…."

가족이나 친구가 이렇게 말을 걸어온다면 우린 그 자리에서 뭐라고 답할까?

"죽긴 누가 죽어. 그런 말 마. 괜히 마음 약해지지 말고. 괜찮을 거야."

이런 식으로 대답하진 않을까? 혹은 내가 큰 병에 걸려 누군가와 이야기를 나누고 싶어도 상대방이 난처해할까 봐 먼저 포기하지는 않을까?

나는 앞에서 죽음을 생각하는 일이 인생의 깊이를 더해준다고 말했다. 그러나 죽음에 관해 제대로 이야기를 나누는 건 좀처럼 쉬운 일이 아니다.

현대사회에는 되도록 죽음을 생각하지 않으려는 분위기가 있는 것 같다.

흔히 인생 100세 시대라고 말한다. 노인의 출발선으로 정의되는 65세조차 여전히 긴 인생에서는 중간 지점이기 때문에 '기나긴 노년을 어떻게 살 것인가' 고민하는 사람도 많다. 당연한 고민이다. 하지만 '인생 100세 시대'라는 말에서 죽음에 관한 고찰은 뒤로 미루려는 의도가 엿보인다.

최근 '안티에이징'이라는 말도 자주 들린다. 건강하고 활기차게 살고자 하는 자세는 훌륭하지만, 여기에서도 실현 불가능한 인간의 바람, 즉 불로불사不老不死를 바라는 마음이 고스란히 드러난다.

내가 속한 의료계 역시 가급적 죽음을 멀리하는 방향으로 발전해왔다.

과거에는 주치의가 왕진을 오고, 집에서 간호를 받다가 숨을 거두는 것이 당연한 일이었다. 아이들도 쇠약해진 조부모가 임종하는 모습을 눈앞에서 봤기 때문에 죽음에 대한 이미지를 비교적 선명하게 가질 수 있었다.

그러나 어느새 죽음은 병원에서 맞이하는 것이 되었다. 다른 환자들의 눈에 띄지 않도록 배려한다는 통념 아래 정면 현관이 아닌 뒤쪽 출입구를 통해 고인을 배웅한다.

의료의 첫 번째 목적은 건강을 지키는 것이다. 사람의 목숨을 구하고 연명에 무게를 두는 것은 당연하다. 그러나 모든 사람의 목숨을 구하는 건 불가능한 일이라 환자의 죽음은 피할 수 없는 일이기도 하다.

그런데 의학을 배울 때 '환자를 어떻게 돌볼 것인가' '환자의 죽음과 어떻게 마주할 것인가'를 배울 기회는 극히 드물다. 학생 시절 나 역시 지도 교수로부터 "마지막까지 포기하지 마! 환자의 죽음은 의료의 패배야!"라는 말을 들은 적이 있다.

의사는 환자를 살리기 위해 노력하는 방법은 잘 안다. 하지만 죽음을 앞둔 환자에게 어떻게 다가가야 좋은지 충분한 교육을 받지 못해 당황하는 일이 많다. 그 결과 환자에게 갖가지 튜브를 연결해 억지로 생명을 연장하고, 당사자가 원하지 않는 형태의 연명 치료가 이루어지기도 한다.

나는 죽음을 되도록 생각하지 않으려는 자세가 '현대사회의 병'이라고 생각한다.

'인간에게는 한계가 있고, 언젠가 죽음을 맞는다'는 사실을 깨닫고 사는 것은 아주 중요한 의미가 있기 때문이다. 죽음을 의식하지 않는 사회는 언젠가 파탄을 맞는다. 누구나 건강하게 살다가 어느 날 홀가분하게 죽을 수 있다면 늙음과 죽음의 문제를 의식하지 않아도 되겠지만, 대부분의 사람은 어느 시점에서 이 문제에 직면한다.

그 시점까지 안티에이징 모드로 살아온 사람이라면 병에 걸렸을 때 건강을 잃어버린 일상과 마주하는 방법을 몰라 당황하기 마련이다. 마음가짐을 처음부터 새로 다잡아야 한다.

'인생에는 기한이 있고, 나도 언제 병에 걸릴지 모른다'고 생각하는 자세는 본연의 인간을 인식하는 일이다. 이 말을 처음 들으면 마음속에 어두운 그늘이 생기는 것 같은 느낌을 받을 수 있다. 하지만 죽음을 마주하다 보면 이내 밝은 빛이 보인다.

많은 환자가 이야기한다. "죽음을 응시하는 일은 어떻게 살아갈지를 응시하는 일이었다. 이제야 그걸 깨달았다." 인생이 유한함을 의식하면 '소중한 지금을 헛되이 보내지 말고 살아야겠다'는 마음가짐으로 이어진다. 인생이 풍요로워진다.

그러나 현대에는 자신도 모르는 사이에 불로불사를 추구하고, 인생에서 정말 필요한 마음가짐을 외면한 채 살아가는 사람이 더 많은 것 같다.

'인간이 죽으면 어떻게 될까'라는 질문에 어떻게 대답할까

죽음을 없는 것처럼 여기는 생각은

죽음이 가까워졌을 때 아무 도움이 되지 않는다.

죽음은 왜 이토록 현대사회에서 기피되고 감춰지는 걸까? 나는 그 이유를 다음과 같이 생각한다.

인간에게는 동물적인 생존 본능이 있어서 자신의 죽음을 암시하는 일 앞에서 공포심을 강하게 느낀다. 높은 곳에 오르거나 맹수와 우연히 마주치거나 누군가가 자신에게 총을 들이밀 때를 생각해보자. 극도의 공포가 몰려와 심장이 요동치고 몸이 떨리는 등 몸과 마음 모두 강한 반응을 일으킨다.

하지만 인간은 미래를 예측할 수 있다는 점에서 다른 동물과 분명하게 다르다. 죽음에 대한 공포를 느끼면서도 자신의 인생에 정해진 기한이 있으며 언젠가 반드시 죽음이 찾아온다는 사실을, 인간은 알고 있다. 어쩌면 인간이 진화했기 때문에 생긴 갈등일지도 모른다.

죽음을 두려워하면서도 이를 피할 수 없는 현실. 여기서 비롯된 갈등을 사람은 어떻게 마주했을까?

중세 사회에서는 많은 사람에게 죽음에 관한 구체적인 이미지가 있었다. 신앙이 사후 세계를 설명했기 때문이다.

죽은 뒤에 내세가 있다거나 선행을 베풀면 극락에 갈 수 있다는 종교적 세계관을 많은 사람이 믿었을 것이다.

그러나 현대사회에서는 종교를 믿는 사람의 비율이 상대적으로 줄었다. 모든 것을 과학 기반으로 바라보게 되었다. '인간이 죽으면 어떻게 될까'라는 물음에 과학은 여전히 충분한 설명을 하지 못한다. 그래서 죽음은 여전히 수수께끼다.

그럼 현대인은 이에 대해 어떻게 행동할까?

많은 사람이 가장 손쉬운 방법을 택한다. 설명할 수 없는 죽음에 대한 생각을 회피하는 것이다. 죽음에 대한 생각을 회피하는 것은 죽음이라는 공포에 대응하는 첫 번째 단계에 해당한다. 표면적인 응급처치와 비슷하다. 따라서 어느 정도 죽음에 직면하지 않을 때만 효과가 있고, 죽음을 자주 생각할 수밖에 없는 상황이 되면 거의 도움이 되지 않는다.

암처럼 내 생명과 직결된 병에 걸리거나 소중한 사람이 세상을 떠난 경험이 있다면 죽음에 직면할 수밖에 없다. 그래서 표면적 대응에서 다음 단계로 넘어간다.

다음 단계는 죽음이라는 문제를 제대로 마주하고 생각하는 것이다. 죽음을 제대로 응시하면 그때까지 기피하고 싫어했던 어두운 이미지가 바뀐다.

몇 년 전 세상을 떠난 한 여배우가 이런 말을 했다. "죽음은 나쁜 일이 아니다." 나는 이 말이 죽음을 마주한 사람에게는 하나의 진실이라고 생각한다.

죽음을 마주할 때 무엇을 생각해야 하는지는 과거 심리학 연구에서 어느 정도 밝혀진 바 있다. 그 내용을 바탕으로 죽음에 관한 문제를 아래와 같이 세 가지로 분류할 수 있다.

사람이 죽음을 두려워하는 이유는 뭘까?

1. 죽음에 이르는 과정에 대한 공포

- 마지막은 어떤 식으로 고통스러울까?

- 암의 통증은 얼마나 괴로울까?

2. 자신이 사라짐으로써 발생할 현실적인 문제

- 아직 어린 내 자녀의 미래가 걱정된다
- 연로하신 내 부모가 느낄 슬픔은 어떻게 보살필까?
- 지금 내가 하고 있는 일을 완수할 수 있을까?

3. 내가 소멸한다는 공포

- 사후 세계는 어떤 곳일까?
- 내가 소멸한다는 건 어떤 의미일까?

이 세 문제에는 각각의 대처 방법이 존재한다. 이에 관한 얘기는 뒤에서 계속하려 한다.

막연한 상태로 두면 정체를 알 수 없는 불안과 공포를 느끼지만, 죽음과 얽힌 문제를 제대로 생각하다 보면 점차 공포의 형태가 바뀌고, 여러 준비가 가능하다는 사실을 알 수 있다.

죽음에 이를 때까지 겪을 고통에는 대책이 있다

완화의료의 발전으로 암 투병은
예전만큼 처절하지 않다.

죽음을 두려워하는 첫 번째 이유로 '죽음에 이르는 과정에 대한 공포'가 있다. '암이 진행되면 고통스럽다고 하는데, 죽기 전까지 어떤 고통을 겪게 될까'와 같은 육체적 고통에 대한 두려움이다. 암에 걸린 대다수의 사람이 이 부분을 걱정한다.

암은 분명히 예전에는 뉴스나 소설, 영화 등에서 '고통스러운 투병을 수반하는 질병'으로 표현하는 일이 많았다. 걱정이 되는 것도 당연하다. 그러나 최근에는 상황이 제법 달라졌다는 인상을 받는다.

나는 매일 회진을 돌며 환자들을 찾아가는데, 환자와 가족들이 사이좋게 담소를 나누는 모습을 자주 목격한다. 간호사와 의사도 밝은 얼굴로 일하고 있어 병동에서 무거운 분위기가 느껴지지 않는다.

그중에는 고통 때문에 정신적으로 힘든 환자도 있겠지만, 실제 현장에서 보면 '고통스러운 투병 생활'이라는 이미지는 현실과 꽤 다르다는 사실을 실감할 수 있다.

죽음에 이르기까지의 고통은 실제로 어떤 것일까?

국립암연구센터가 일반인을 대상으로 만든 웹사이트 '암 정보 서비스'에 따르면, 암 환자의 요양과 완화의료에 관한 항목에서 암과 동반하는 통증의 대부분은 진통제를 적절히 사용해 완화할 수 있으며, 현재는 고통을 덜어주는 기술(완화의료)이 발전해 다양한 지원이 가능하다고 안내하고 있다.* 최근에는 완화의료 대상이 확대되어 암 이외의 질환에서도 고통을 덜어주는 치료를 받을 수 있도록 추진 중이다.

아무 지식이 없는 상태에서 우리 마음은 마음껏 비관적인 상상을 펼치기 때문에 걱정이 들게 마련이다. 하지만 실제로 어떻게 고통을 완화할 수 있는지 올바른 지식을 얻으면 적잖이 마음이 놓인다.

큰 병에 걸렸을 때 강조되는 마음가짐으로 '최선을 기대하고, 최악에 대비하라Hope for the best, Prepare for the worst'는 말이 있다. 지금도 의학은 계속해서 발전 중이고, 암 분야에

---

* 일본의 '암 정보 서비스' 웹사이트는 https://ganjoho.jp.
우리나라는 국가암정보센터(https://www.cancer.go.kr)에서 유사한 정보를 제공한다.

서 까다롭기로 유명한 폐암의 치료 성적도 빠른 속도로 개선되고 있다. 따라서 이제는 치료만 잘하면 충분히 개선될 수 있다고 기대해도 좋다.

병세의 진행 상황에 제대로 대비하는 의미에서 고통을 줄일 수 있는 완화의료에 관한 정보를 확보하고, 미리 요양할 수 있는 장소를 준비한다면(지금은 본인의 집에서도 의료 서비스와 돌봄을 받을 수 있는 서비스가 과거보다 충실해졌다) '죽음에 이르는 과정에 대한 공포'는 확실히 줄일 수 있다.

미뤄왔던
인생의 과제를 해결한다

자신이 죽은 뒤 일어날 현실적인 문제와 직면해

가족 관계 또는 줄곧 마음에 담아뒀던

인생의 과제를 마주한다.

죽음을 두려워하는 두 번째 이유로 '자신이 사라짐으로써 발생할 현실적인 문제'가 있다. 가족이 경제적으로 어려워지지 않을까 하는 걱정, 하던 일을 마치지 못하겠구나 하는 조바심처럼 다양한 사회적 문제와 연결된 것들이다.

이러한 문제는 가족이나 직장에서 신뢰하는 사람과 의논해 준비하는 것이 좋다. 물론 이 과정에서 안타깝지만 끝내 포기해야 하는 일도 있을 것이다. 그러나 이 문제를 마주하는 데에는 그간 자신이 미뤄온 과제에 뛰어드는 긍정적인 측면도 있다.

예를 들어 과거에 사이가 틀어져 연락을 끊고 지낸 가족이나 친구와 화해하고 오랜 세월 마음에 박혀 있던 가시를 뽑으려는 사람도 있다.

얼마 전에 난소암 말기 환자인 아라이 마유미 씨의 병실에 찾아갔다. 그때까지 아라이 씨는 자신의 이야기를 별로 꺼내고 싶어 하지 않았다. 억지로 밝게 행동한다는 인상을 주는 분이었다.

아라이 씨와 주로 세상 돌아가는 이야기를 나누다가 면

담을 마치는 일이 많았는데, 하루는 자못 심각한 표정을 짓고 있었다. 평소와 다른 모습에 내가 무슨 일이 있느냐고 묻자 아라이 씨는 마음에 걸리는 일이 있다며 이야기를 꺼냈다.

"저와 쉰 살 남편 사이에 열두 살짜리 큰아들과 여덟 살 둘째 아들이 있어요. 둘째는 불임 치료를 해서 낳은 아이인데 다운증후군을 앓고 있어요. 예전부터 저는 '둘째를 원한 건 내 욕심이 아니었나?' 하는 생각을 계속하고 있었고요. 그래서 둘째는 제가 끝까지 돌봐야 한다고 생각했죠. 그런데 결국 제가 암에 걸려 둘째를 돌보지 못할 것 같아요. 큰아이한테는 무거운 짐을 남기게 됐고, 작은 아이는 가시밭길을 걷게 된 것 같아요." 아라이 씨는 눈물을 글썽였다.

불임 치료를 시작했을 당시의 이야기를 묻자 아라이 씨는 친하게 지내던 가족 중에 사이가 좋은 형제가 있었는데, 그 모습을 보고 큰아이 혼자서는 외로울 것 같다는 생각이 들었다고 했다. 아라이 씨는 여러모로 논의하고 고민한 끝에 불임 치료를 시작했다. 그리고 당시의 상황을 내게 자세히 들려주었다.

내가 아라이 씨에게 물었다. "불임 치료를 받는 분들은 다들 각자의 사연을 안고 있기 마련이죠. 형제를 만들어 주고 싶어서 불임 치료를 받은 어머니는 이기적일까요?"

아라이 씨는 울먹이며 대답했다. "선생님 말씀은 알겠어요. 그래도 자꾸 저 자신을 탓하게 돼요."

나는 그녀의 감정을 살피며 다시 물었다. "아이들은 엄마의 병을 어떻게 생각하고 있나요?"

"아이들이 저의 마른 모습을 보면 깜짝 놀랄 것 같아서 요즘에는 병원에 오지 못하게 하고 있어요." 나는 다시 되물었다. "이대로 아이들을 만나지 않을 생각이세요?" 그러자 아라이 씨는 생각에 잠기는 듯 했다.

부부가 아이들의 일을 함께 의논했는지 알 수 없으나, 얼마 지난 뒤 남편이 두 아이를 데리고 병원에 찾아왔다.

큰아이는 자연스럽게 동생을 챙기고 작은 아이도 형을 많이 의지하는 모습이었다. 그 모습을 보자 아라이 씨는 '우리 애들이 많이 컸구나' 느끼며 여윈 몸으로 아이들을 껴안아 주었다. 그러자 어머니와의 이별을 예감했는지 두 아이들이 평소와 달리 와락 울음을 터뜨렸다. 그리고 집에 돌아가는 길에 몇 번이고 병원 쪽을 뒤돌아봤다.

며칠이 지난 뒤 내가 다시 아라이 씨의 병실을 찾았을 때 그녀가 말했다.

“어려운 일이야 물론 있겠지만, 아이들이 각자 잘 살아갈 거라 생각해요. 아이들이 마냥 어리고 약하다고만 생각했는데 그건 제 착각이었어요.”

아라이 씨의 마음이 어떤 이유 때문에 바뀌었는지 제대로 설명하기 힘든 부분도 있다. 하지만 그녀는 오랜 세월 하지 못했던 두 가지 과제, 죽기 전에 아이들을 믿고 자신을 용서하는 일에 뛰어들었다.

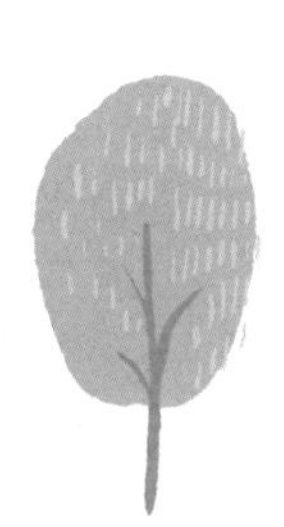

'영혼의 죽음'이 세계관의 일부로 자리 잡다

사람마다 죽음을 이해하는 방식은 다르다.
암을 잘 아는 의료진 중에는
암이 '나쁘지 않은' 죽음의 방법이라고 말하는 사람도 있다.

사람이 죽음을 두려워하는 세 번째 이유로 '내가 소멸한다는 공포'가 있다. 혹자는 영혼의 죽음이라고 말하기도 한다. 죽은 뒤 나라는 존재는 완전히 사라지는 걸까? 사라지는 순간 감각도 없어지겠지만 그게 어떤 느낌인지 누구한테 이야기를 들을 수도 없는 일이다. 그 자체가 두려울 수 있다.

미국의 정신과 의사인 어빈 D. 얄롬Irvin David Yalom은 "죽은 이후의 자신이 걱정된다고? 그럼 왜 태어나기 전의 자신은 걱정하지 않는가"라고 말한 적이 있다. 태어나기 전의 고통이 지금은 의식에 없듯 죽은 뒤의 일 또한 걱정할 필요가 없을지 모른다.

죽으면 자기 존재가 사라진다고 생각하는 사람도 있지만, 어렴풋한 이미지를 포함해 사후 세계가 존재한다고 믿는 사람도 있다.

얼마 전 한 중년의 여성 환자가 사후 세계에 대해 이야기했다. 그녀는 이런 말을 했다. "며칠 전에 남편이 꿈에 나왔어요. 내가 저세상에 가면 남편을 만날 수 있겠죠."

"다시 만나는 걸 상당히 기대하고 계시는 것 같네요. 남편은 어떤 분이셨나요?" 내가 되묻자 그녀는 즐겁게 남편과의 추억을 들려주었다. 이야기하는 동안 표정도 차츰 부드러워졌다.

반면 사후 세계는 없다고 생각하면서 죽음을 두려워하는 사람도 있다. 나도 처음에는 죽음을 어떻게 받아들이면 좋을지 몰라 당황했다. 하지만 '죽음은 나한테 주어진 한 번뿐인 여행의 종착지'라고 생각하기 시작한 이후, 죽음은 내 세계관의 일부로 자리했다.

암으로 세상을 떠난 종교학자 기시모토 히데오岸本英夫는 말했다. "죽음을 소중한 사람들과의 큰 이별로 이해해라. 좋은 이별을 위해 그에 걸맞은 준비를 하면 마음이 평온해진다."

여행의 종착지와 큰 이별. 나는 양쪽 모두 한 번뿐인 인생에 있어 최선을 다해 살며 죽음에 대비하는 자세로 이어진다고 생각한다.

보통 죽음을 두려워하는 사람은 고통 없이 한 번에 죽기를 바라지만, 죽음에 앞서 여러 과제가 있음을 알게 되면 대부분 인생의 피날레를 제대로 준비할 시간을 원한다.

두경부암 분야의 권위자인 에비하라 사토시海老原敏는 "암은 나쁘지 않은 죽음의 방법이다"라고 말했다. 암을 잘 아는 의료진 중에는 이렇게 받아들이는 분들이 꽤 있다.

사후 세계는 존재하지 않지만, 소중한 사람의 마음속에 내가 남아 머문다고 생각하는 사람도 있다. 나라는 존재가 형태를 바꿔 계속 존재한다고 믿는 자세다. 그럼으로써 '내가 소멸하는 공포'가 사라진다고 말한다.

65세에 대장암 말기 판정을 받은 한 남자 환자는 고향의 그리운 풍경이 자주 떠오른다고 이야기했다.

할아버지와 할머니는 항상 자신을 예뻐해 가까운 가게에서 과자를 한가득 사주었고, 자식이 없던 삼촌은 자신을 본인의 아들처럼 여겨 귀여워해 주고, 늘 드라이브를 함께 했다.

한여름 강렬한 냄새를 풍기는 파밭을 지나 부모님의 손을 잡고 목욕탕에 갔던 날, 소꿉친구와 같이 설레는 마음으로 바닷가에서 불꽃놀이를 바라본 기억, 설날에 친척들이

모여 한바탕 즐겁게 놀았던 일.

따스한 추억은 몇 번을 돌이켜봐도 그때마다 마음이 벅차오른다고 했다.

그는 많은 사람이 자신을 사랑해주었고, 그들이 있어서 자신의 인생이 더 풍요로워졌음을 감사하는 마음이 자기 안에 가득하다고 말했다.

"나 역시 많은 사람의 인생에서 등장인물이었겠지요. 단역일 수도 있고, 중요한 역할을 했을 수도 있고. 나도 사람이라 남에게 상처를 준 적도 있을 거예요. 내가 여러 사람의 마음속에 살아 있는 것처럼, 나를 기억하는 사람 또한 누군가의 마음속에 살아 있겠죠. 소중한 사람들의 마음을 받아 다음 사람에게 건넨다, 그렇게 생각하면 내가 생명을 이어주는 역할을 무사히 해냈구나 그런 기분이 듭니다."

'평범한 날의 연속'이 행복이다

1년 후 자신이 병상에 누워 있다고 가정해 보자.
1년 후의 자신이 지금의 나를 되돌아볼 때
지금 삶의 방식을 후회하지는 않을까.

지금까지의 이야기를 들으면, 죽음을 생각하는 일이 누구에게나 중요하겠구나 깨달았을 것이다. 다가올 때를 위해 마음의 준비를 하고 한정된 인생의 시간을 의식하면 자연스럽게 하루하루를 열심히 사는 것으로 이어지기 때문이다. 많은 사람이 죽음을 미리 생각하지 않으려고 하는데, 갑자기 죽는 상황을 제외한다면 그건 결국 파탄에 이를 수 있는 자세다.

그래서 나는 평소에도 자주 죽음을 떠올린다. 사람마다 다르겠지만, 내 방식을 소개하자면 이렇다. 참고만 하시길.

학생 시절에 난폭 운전으로 나는 하마터면 죽을 뻔한 적이 있다. 그 기억을 떠올리는 것만으로도 온몸의 털이 솟는 것 같지만, 그날이 머릿속에 떠오를 때면 나는 잠시 그 기억을 온전히 마주하려 한다. 그리고 그 자리에서 내가 죽었을지 모른다고 생각한다.

마음이 얼어붙을 것만 같은 기억이 사라지고 나면, 지금 내가 살아있고 다시 시간이 주어졌음을 차분히 느낀다. 따뜻한 감각에 휩싸인다.

혹시 과거에 목숨이 위태로웠던 일이 있다면 여러분도

그 기억을 소중히 여겼으면 좋겠다. 처음에는 괴로울 수 있지만 나처럼 곱씹어보기를 추천한다.

암 경험자의 이야기를 공유하는 웹사이트 '암 노트'의 대표인 기시다 도루 씨의 이야기를 소개하고 싶다.

기시다 씨는 직장인 2년 차였던 스물다섯에 생식세포종양 진단을 받았다. 전신에서 암이 발견됐다는 소식도 들었다.

그는 이렇게 당시를 회상했다. "온몸에 전이가 됐다니 살 가망이 없다고 생각했어요. 하지만 치료 성공률이 50%라는 선생님 말씀을 듣고 이만큼 전이되고도 50%라면 아직 어떻게든 되겠구나 싶었어요. 솔직히 시한부 선고를 받을 정도의 각오를 하고 있었는데, 살 가능성이 50%나 된다고 하니 희망을 가졌죠."

하지만 그렇게 긍정적이었던 기시다 씨도 완치된 줄 알았던 암이 재발한 사실을 알았을 때는 걷잡을 수 없는 좌절감이 들었다고 한다.

"정말 죽고 싶지 않았어요. 다시 생각해보니 1차 치료 때는 현실 감각이 별로 없어서 실제로는 남의 일처럼 생각했던 것 같아요. 암 노트를 시작하면서 홍보도 막 시작했을 때라 정말 죽고 싶지 않았어요. 그 무렵 한 선배가 이런 말을 해줬어요. 크게 생각하라(Think big)고요. 그 말이 저를 지탱해 준 것 같아요. 선배는 저에게 10년 뒤에는 네 메시지가 가득할 테니 힘내라고, 인생에서 일어나는 모든 일에는 의미가 있다고 말해줬어요."

그리고 그는 지금 이런 생각을 한다고 한다.

"그다음 치료가 성공한 덕분에 원하는 일을 하는 인생을 살게 됐어요. 그 인생을 소중히 여기게 됐죠. 오늘 하루를 더 살게 됐다고 생각하면서 하루하루를 소중히 보내고 싶어요. 지금을 살지 않는 삶은 의미가 없어요. 암에 걸리기 전에 저는 남의 눈치를 보며 살았어요. 그런데 막상 죽을 때는 모두 혼자예요. 그 사실을 깨닫고 나니 왜 그렇게 주위를 신경 쓰고 살았나 싶었죠. 지금 우리한테 일어나는 일은 '평범한' 일이 아니에요. 평범한 날의 연속이 바로 행복인 겁니다."

설사 가능성이 크지 않더라도 '기시다 씨가 겪은 엄청난 일이 나한테도 일어날 수 있다'며 내 감각을 늘 살아있게 만드는 게 중요하다.

1년 후 자신이 병상에 누워 있다고 가정해보자. 1년 후의 자신이 지금의 나를 되돌아볼 때 지금 삶의 방식을 원망하면서 이러쿵저러쿵 후회할지도 모른다. 적어도 나는 일부러 그렇게 생각하며 살기 위해 노력한다.

'오늘 하루는 당연하지 않다'는 생각이 '지금 여기의 자신'을 소중히 여기며 살아가도록 할 테니 말이다.

마치며

‘죽음’을 의식하고 처음으로 살아갈 ‘희망’에 눈을 뜨다

책을 읽어준 독자 여러분께 감사드린다. 끝으로 내가 이 책을 통해 전하고 싶었던 말을 정리하고 싶다.

현대사회에서 죽음은 불길하게 여겨지는 경향이 있다. 하지만 죽음을 의식함으로써 삶의 의미를 발견할 수 있다. 그렇게 죽음은 긍정적인 면을 지니고 있다.

인생의 기한을 의식하는 일은 하루하루를 소중히 여기고 정말 '나답게' 살기 위해 나아가는 데 큰 동기 부여가 된다. 이 책의 제목을 '1년 후 내가 이 세상에 없다면'이라고 지은 까닭도 여기에 있다.

죽음을 의식하는 것만으로 어떻게 나다운 삶의 방식이 가능할까? 자칫하면 초조함만 더하는 일이 아닐까? 다행히 여기에는 여러 방법이 있다. 먼저 나답게 살아가는 감각이 없는 사람, 'must의 나'에게 'want의 나'가 얽매여 있는 사람, 그래서 숨이 막히는 사람은 주종 관계를 역전시키려고 노력해야 한다. want의 목소리를 들으려고 노력해야 한다.

나의 want가 뭔지 지금까지 충분히 생각하지 않았던 사람은 그 희미한 목소리가 무엇을 말하는지 바로 깨닫기 어렵다. 단서가 없는 상태로 길을 모색하는 건 대단히 힘든 작업이다.

그러나 want의 방식에는 어느 정도 공통점이 있다. 암을 경험한 사람이 want를 고민한 후 꺼낸 말이나 그의 달라진 삶의 방식을 유심히 살펴보라. 우리는 거기서 큰 힌트를 얻을 수 있다.

내 뜻이 여러분께 어떻게 전해졌을지 모르겠다. 인생을 살아 나가는 데 이 책이 작은 도움이 된다면 좋겠다.

이 책이 빛을 볼 수 있게 도와준 중요한 세 사람이 있다.

2015년 폐암을 앓아 난생처음 겪는 마음의 고통으로 나에게 상담을 받았던 센가 야스유키 씨. 그로부터 모든 게 시작됐다. 센가 씨는 본인의 이야기가 책에 실린다면 같은 아픔을 겪는 사람들에게 도움이 되리라 생각했다. 타고난 실천력과 센가 씨에게 공감하는 사람들의 연대가 원동력이 되어 눈 깜짝할 새 출간이 실현됐다.

우여곡절을 거쳐 센가 씨의 친구이자 작가인 이나가키 마유미 씨가 일곱 명의 환자와 나의 대화 기록을 《인생에서 정말로 소중한 것: 암 전문 정신과 의사 시미즈 켄과 환자들의 대화》*라는 책으로 만들어 줬다. 이 책을 읽고 마음이 움직여 나에게 삶의 의미를 생각하는 책을 펴내자고 편지를 보낸 사람이 편집자 노모토 유리野本有莉 씨다.

---

* 《人生でほんとうに大切なこと: がん専門の精神科医·清水研と患者たちの対話》, 稲垣 麻由美, KADOKAWA, 2017. (국내 미출간)

암센터에서 근무하면서 나는 '죽음과 마주한 사람들의 이야기'로부터 충격을 받았다. 그들의 이야기에 뭔가 보편적인 의미를 지니는 커다란 힘이 있음을 직감했다. 나는 환자들의 이야기를 '회복력' '심적 외상 후 성장'과 같은 다양한 심리학 개념으로 풀어낼 수 있었다.

환자들의 이야기가 가진 의미를 차츰 이해할 수 있게 되면서 더 많은 사람과 공유하고 싶었는데, 바로 그때 노모토 씨의 편지를 받은 것이다. 뜻밖에 기회가 나에게는 큰 기쁨이었다.

《인생에서 정말로 소중한 것》은 이 책의 어머니와 같은 존재다. 센가 씨와 이나가키 씨, 노모토 씨 외에도 이 책과 관련된 모든 분께 진심으로 감사의 말씀을 전하고 싶다.

이즈미야 간지泉谷閑示 선생은 'must의 나'에게서 자유로워지는 방법을 많이 알려주셔서 여러모로 참조했다. 시라하세 조이치로白波瀬 丈一郎 선생은 소중한 것을 잃어버렸을 때의 마음의 존재 방식(대상 소실)에 대해 내게 많은 조언을 해주셨다. 두 선생님 덕분에 이 책의 중요한 부분을 완성할 수 있었다.

마지막으로 상담을 위해 나를 찾아준 모든 암 환자에게 깊이 감사드린다. 많은 분이 본인의 이야기를 책에 담아도 된다며 흔쾌히 승낙해주셨다. 한 분 한 분과의 모든 만남이 나의 재산이 되었다.

시미즈 켄

♥ 암 진단 후 환자와 가족의 심리적 어려움을 돕는 기관 및 커뮤니티

국립암센터 정신건강클리닉

명지병원 암통합치유센터

분당차병원 첨단연구암센터 마음건강클리닉

삼성서울병원 암센터 정신건강클리닉

아주대병원 암센터 마음건강 클리닉

연세암병원 종양정신건강의학과

원자력병원 암환자정신건강센터

중앙대병원 암센터 신경심리스트레스클리닉

칠곡경북대학교병원 암환자와가족정신건강 클리닉

암승리자의 모임(암승모)

아름다운 동행

숨사랑 모임

윤슬케어